The Wife goes
and the Queen Comes

아내가 가고 여왕이 오다

초판1쇄발행 2022년 11월 15일

지은이 김기철

펴낸이 송희진
편집부 임미경 우지연
디자인 김선희 샘물
경영고문 스티브jh
경영지원 박봉순 강운자
펴낸 곳 한사람북스
출판신고 제2022-000060호 2022년 7월 4일
주소 서울시 서대문구 신촌로 25, 3층 3090호
홈페이지 https://hansarambook.modoo.at
블로그 https://blog.naver.com/pleasure20

ISBN 979-11-980235-2-0 (03810)

아내가 가고 여왕이 오다

~~~~~~~~~~

차례

～～～～～～～～～～～～～～～

그래도 난 운이 좋았다

**"그냥, 누군가 당신에게 행복하냐고 물으면
'행복에 겨워 미칠 것만 같아' 그렇게 말해요."**

얼마 전에 우연히 인간극장에서 방송되었던 안일웅(75살)
할아버지와 한소자(75살) 할머니의 영상을 보게 되었다.
그분들은 동갑내기 부부였고 특징적인 것은 결혼해서 지금까지
46년간, 매일같이 아침잠이 많은 할머니를 위해 할아버지께서
대신 아침상을 차려준다는 것이었다.

첫 장면부터 노랑, 초록색의 갖가지 야채를 꼼꼼히 준비하는
할아버지 모습에 호기심이 생겼다. 그러더니 건강을 위해 먹기
시작했다는 호밀빵에 딸기잼을 천천히, 하나하나씩 바르고
치즈를 가지런히 올리는 모습에 정성을 느끼면서 마지막으로
내레이터의 표현처럼 아주 경건하게 핸드드립 커피를 내리고

할머니를 부르는 모습에 내 마음은 절정으로 치솟았다.

솔직히 저 정도면 정성도 지극정성에 속했고 한결같은 마음이 없으면 불가능하다는 것을 보는 사람 누구나 쉽게 알 수 있었다. 글을 쓰는 지금도 방송 PD가 한소자 할머니에게 "남편분께서 매일 이렇게 아침을 대신 차려주셔서 좋겠어요."라고 묻는 말에 감탄하듯 대답했던 할머님의 모습이 떠오른다. 정말 그분의 말처럼 행복해서 미칠 것 같은 표정이었다.

그런데 이와는 정반대로, 얼마 전에 통계청에서 재미난 사실 하나를 발표했다. 아니 재미있다기보다 충격에 가까웠다. 즉, 올해 2021년 9월까지 황혼이혼으로 3만 1300쌍이 부부간의 연을 끊었다는 것이다. 그러면서 올해 사상 처음으로 4만 쌍을 넘지 않을까 하는 조심스러운 전망도 있었다. 이런 통계청 자료를 바탕으로 쓴 기사에서 일본은 이미 황혼이혼이 하나의 빅트랜드로 자리 잡혔고 우리 한국에서는 아직까진 이와 같은 연구가 미진하지만 일본에서는 관련 자료들이 차고 넘친다고 전했다.

극단적으로 상반된 두 개의 뉴스와 방송을 본 나는 많은 생각에 잠겼다. 미치도록 행복한 아내와 미치도록 불행한 삶을 살아가는 아내. 순간, 나의 아내는 이 양극단의 끝점에서 어느 지점에 있는 것일까 궁금해졌다. 하지만 이런 궁금증도 호사일 수 있다. 대부분의 남자들이 그냥 아무 생각 없이 살아간다. '뭐 사는 것이 다 그렇지.' 하면서 말이다.

아내에게 잘해 주지 못하는 자신을 애써 회피하고 싶은 걸까? 아니면 그렇게 적당히 넘어가고 싶은 걸까? 정확한 마음은 알 수 없다. 하지만 결정적 문제는 상대방도 그렇게 생각하느냐는 것이다. 나는 대수롭지 않게 생각했는데 상대방은 평생 마음속으로 나를 저주하면서 황혼에 느닷없이 이혼을 꺼낼 수 있다. 기사에 따르면 그 숫자가 올해 4만 명이라는 것이다. 그런데 우린 전혀 심각하게 생각하진 않는다. 아주 편하게, 아무 문제 없이 살아가고 있다. 하지만 난 확신한다. 많은, 그것도 아주 많은 수의 아내가 남편과는 전혀 다른 생각으로 살아가고 있다고 말이다.

이런 의미에서 난 꽤 운이 좋은 편에 속한다. 뭔가를 돌이켜 크게 깨닫고 늦었지만 그때부터라도 올바른 방향으로 가려고 노력하고 있으니 말이다. 이런 운은 보통 쉽게 오진 않는다.

어쩌면 복권을 맞는 것보다 더 힘이 들 수 있다.

올해 우리 부부는 결혼 24주년이었다. 그러면서 내 나이 마흔 살, 2009년에 제주로 오면서부터 아내에 대해 그 전과는 전혀 다른 태도로 대하고 있다. 공교롭게도 결혼 생활의 반은 막돼먹은 인간이었고 그 나머지 반은 아주 선량한 사람으로, 정반대의 길을 걸었다. 난 그렇게 제주에 있었던 12년 동안 서서히 강도를 높여 아내를 극진하게 살폈다. 나의 아내는 너무나 혼란스럽게도 남편에 대해 극단의 감정을 동시에 경험했다. 지금은 앞서 방송에서 소개된 한소자 할머니와 같은 경지에는 이르지 못했지만 그래도 꽤 높은 점수를 받고 있다고 생각한다. 과연 이것도 착각일까?

변하게 된 계기는 우리 부부에게도 있었다. 40년간 살았던 서울을 떠나 낯선 제주에 정착하면서 그간 내 삶에서 쉽게 무시된 아내를 존중하고 그녀의 이야기를 듣게 되었다. 또 이젠 제주에서 새롭게, 착하게 살고 싶다는 내 마음도 한몫했다. 이렇게 조금은 변화된 마음으로 지냈던 이곳 제주에서의 평범했던 어느 날, 문득 점심때 안방에서 세상모르게 잠에 빠져 있었던 아내의 얼굴을 보는 순간 내 마음은 무너져 버렸다. 그녀의 얼굴에서 그동안의 결혼생활에서 내게 받았던 상처들을 우연히 보게 되었기 때문이었다.

모든 남편이 이런 역사적 순간에 직면하기를!!

경지에 오르긴 쉽지 않다. 내 아내의 입에서는 '행복에 겨워 미칠 것 같아요.'라는 말은 평생 나오지 않을 수 있다. 나도 그 점은 알고 있다. 하지만 전환점은 만들어질 수 있고 지금이라도 잘못된 방향에서 전혀 다른 방향으로 발걸음을 돌릴 수 있다. 그날은 나처럼 우연히 찾아온다. 기습적으로 온다. 현관문에서 배웅하는 아내의 얼굴에서, 부지런히 저녁 설거지를 하고 있는 뒷모습에서, 남편이 퇴근한 줄도 모르고 거실에서 어지럽혀진 장난감과 함께 아이와 잠에 빠진 아내의 모습에서 발견될 수 있다. 그때를 놓치면 안 된다. 결심을 하고 실행에 옮겨야 한다.

대충 이 책을 왜 썼는지는 밝혀진 것 같다. 결혼생활에 아내의 역할도 중요하지만 남자의 역할은 결정적이다. 남자들이 조금만 아내를 배려하고 사랑하고 아껴주면 그 가정은 화목하지 않으려야 않을 수가 없다.

 이 책은 12년 내내, 착각하며 살았던 어느 한 남자가 그것을
깨닫고 다시 12년 동안 조금씩 변화되는 과정을 담았다.
부족하지만 아내를 받들어 모시기로 마음먹은 것이다. 모든
가정마다 아내의 입에서 "행복에 겨워 미칠 것만 같아요."라는
소리가 울려 퍼지길 바라는 마음으로 이 글을 맺는다.

I. 그렇게 마음을 내면 좋지

나, 집안일 하기 싫어...

살짝 눈은 아래로 내리깔고, 입은 적당히 앞으로 나와 있으면서 말끝은 자연스럽게 흐려지는 저 태도는 분명 어린 시절 추억의 모습이었다. 떼쓰기 바로 직전의 상황. 금방 눈물 한 바가지 흘릴 것 같은 불길한 느낌.

어느 날, 아내는 내 앞에서 충격적인 선언을 했다. 선언? 지금 와서 곰곰이 생각해 보니 그 정도까진 아니었고 어떻게 보면 진심 어린 독백에 가까웠다. 발단은 별것 아닌 일로 시작했다. 냉장고 안, 내부 받침대에 음식물이 흘러 지저분한 것을 며칠 참다 참다 한마디 한 것이 전부인데 뜬금없이 집안일을 하기 싫다고 한다.

가볍게 뒤통수 한 대 때리고 정신 차리라고 하기에는 너무 진지해 보였다. 그렇다고 쿨하게 "그럼 하지 마."라고 하기에도 내가 희생해야 할 것들이 많아 보였다. 우선 대답을 한순간 저 지저분한 냉장고 안 정리는 내 몫이 된다.

갑자기 영화 '친구'가 생각났다. 조직 간의 큰 싸움을 피하기 위해 유오성이 장동건한테 잠깐 하와이로 가 있으면 어떻겠냐는 제안에 살짝 고개를 치켜들며 가소롭다는 듯이 내뱉은 한 마디. "니가 가라. 하와이~"

"냉장고 청소? 그거 니가 해라.~"

솔직히 결정타까지는 아니었고 방심하던 차에 왼쪽 복부를 향해 거침없이 들어온 라이트 훅 같은 느낌이었다. 조금 정신이 없었다. 하지만 애써 태연한 척 왜 집안일이 하기 싫은지 이유를 물었다. "나 원래 그런 거 잘못하잖아. 이제는 나도 좋아하는 일 하고 싶어." 아내의 대답은 제법 간단했다. 잘하지 못하는 일, 하기

싫은 것은 당연하고 좋아하는 일 하고 싶다는 것 역시
자연스럽다.

하지만 곧장 치고 올라갈 나의 대답 역시 지극히 자연스러워
보인다. '한두 살 먹은 애도 아니고, 인생 다 싫은 일도 하고 살고
그러는 거지. 뭐 자기 하고 싶은 일만 하고 사냐?'는 말이 목구멍
바로 앞까지 무의식적으로 튀어나왔지만 왠지 그날은 그렇게
말하고 싶지 않았다. 정말 하고 싶지 않은 마음이 느껴져서
가만히 들을 수밖에 없었다.

마음을 내야 했다. 마음을 내다...? 정확한 뜻은 알 수 없지만,
왠지 이 말이 좋다. 생각을 품고, 결심을 하고 그렇게 하도록
노력해야 한다. 내 마음을 온전히 내어야 한다.

문득 예전 일이 생각났다. 12년 전, 서울살이를 접고 제주로
이주해서 내가 이곳에서 처음 하게 된 일, 무인카페 산책. 일은 참
좋고 마음에 드는데 수입이 신통치 않았다. 아내로서 당연히
불만이 있어야 했는데 그 당시 아내는 그렇게 말하지 않았다.
"당신이 좋아하는 모습을 보니 나도 좋아." 아내도 충분히 나한테
말할 수 있었다. 세상에 어떻게 자기 하고 싶은 일만 하며 사냐고,

또 가장으로서 충실히 맡은 바 의무를 수행하라고 강력하게 요구할 수 있었다.

심호흡 한번 크게 하고 마음을 가다듬었다. 앞서 말했듯 나도 이제 마음을 내야 한다. 먼 옛날 그렇게 아내가 나를 위해 마음을 내었듯이 지금 나도 아내를 위해 마음을 내야 했다. "집안일이 하고 싶지 않다고...? 그럼 하지 마. 내가 하면 되지 뭐." 그냥 앞뒤 재지 않고 쿨하게 말해 버렸다. 아내가 하기 싫다고 하니 그럼 하지 않으면 되는 것 아니야 하는 마음으로 인정해 버렸다.

그래. 누구 말처럼 사랑은 계산을 철저하게 하는 것이 아니다. 그냥 그 사람을 위해 아무런 대가 없이 할 수도 있고 또 나처럼 이전의 아내 마음이 고마워서 앞으로 발생 될 무시무시한 시련(?)속으로 묻지도 따지지도 않고 뛰어들 수 있다. 그게 사랑이다. 예상대로 아내는 아이처럼 뛸 듯이 기뻐했다.

이렇게 부여받은 첫 번째 집안일이 청소였다. 당연히 냉장고 안 청소도 이것에 포함된다. 나는 시간이 날 때마다 청소했다. 아내도 간간이 청소 일을 도와주기는 했지만 그것은 어디까지나 보조적인 것에 불과했다. 주로 내가 하고 있다. 지금도 글을 쓰다가 쉬면서 잠깐의 공백에 청소기를 돌렸다.

　얼마 전에는 이런 일도 있었다. 아는 지인들과 함께 집에서 다과를 먹으면서 이야기하다가 우연찮게 진공청소기 이야기가 나온 적이 있었다. 우리 집은 청소기 헤드가 망가져서 임시방편으로 순간접착제로 고정해서 쓰고 있었는데 그것을 지적하면서 한 분이 이참에 무선 진공청소기도 많이 싸졌는데 아내를 위해 사주라고 했다. 그런데 너무 웃긴 것은 아내의 반응이었다. 아무런 반응이 없다. 무선을 사던지, 유선을 사던지, 순간접착제로 청소기 헤드를 고정해서 쓰던지 그녀하고는 아무런 관련이 없었다. 왜? 청소는 아내의 일이 아니니까. 그 청소기는 거의 대부분 내가 사용하니까!

　청소를 하다 보면 묘하게 드라마에서나 볼 법한 광경들이 간혹 벌어진다. 오전에 무인카페를 오픈하고 집에 오면 아내는 늘 거실의 긴 책상에서 신문을 읽고 있다. 신문 옆에는 우유를 살짝 데워 에스프레소를 첨가한 라테가 한잔 있고. 아내는 이곳 제주에서 아이들을 대상으로 신문 기사를 활용한 신문 수업을 하고 있고 아침에 기상해서 커피 한잔과 함께하는 신문읽기는 그녀의 가장 중요한 일과이며 신성한 의식과도 같은 것이었다. 난 조심스럽게 청소기를 꺼내 들고 청소를 하기 시작한다. 원래는 신성불가침의 시간에 청소기를 돌리는 것이 무례함의 극치를 달리는 것이긴 하지만 오늘따라 거실의 청소상태가 매우 불량이라 어쩔 수 없다. 요란한 진공청소기의 모터 소리가 거실의 공기 속으로 들어가 아내의 귀에 빨려 들어가는 순간 그녀의 눈썹이 살짝 쪼그라들었다.

애써 태연한 척, 부산하게 이곳저곳 청소를 하다가 의자에 앉아 있는 그녀의 발아래로 청소기 헤드가 들어가니 아내는 신문을 보던 채로 오른발을 살짝 들고 그다음 왼발을 살짝 든다. 마치 드라마 속 TV 시청을 하는 남편 사이로 아내가 청소할 때 아무 표정 없이 TV를 보면서 남편이 발만 사뿐히 드는 것처럼.

난 앞으로도 계속 이렇게 살기로 마음을 먹었다. 아내를 위해 마음을 낸 것이다. 지금도 후회는 없다. 이렇게 마음을 다해 집안일을 하다 보면 아내가 간혹 미안한 듯 나에게 큰소리를 친다. 당신 노후는 내가 책임지겠다고. 처음에는 가당치도 않은 소리라며 내심 비웃었다. 그러다가 시간이 흘러 정말 그럴 수도 있시 않을까 하는 기대감으로 바뀌었다가 최근에는 다시 전혀 근거 없는 생각임을 알게 되었다. 그것은 자꾸 아내의 말이 바뀌었기 때문이었다. 한창 책을 읽다가 그래, 노후에는 저작권이 최고지 하면서 자신은 앞으로 저작권을 위해 준비하겠다고 한 아내가 몇 년이 지나도 별다른 성과가 없자, 내가 책 한 권을 출간하고 지금 이렇게 두 번째 글을 준비하는 모습을 보더니 순식간에 말을 바꾸었다. 앞으로 노후는 당신 저작권으로 먹고 살겠다고. 도무지 믿을 수 없다. 하지만 상관은 없다. 난 이미 아내에 대해 마음을 내었기 때문이다. 나의 마음은 변함이 없다.

아내의 속옷

제주에 와서 몇 년을 집안일을 안 한 아내는 어느 날 세탁기 사용법을 까먹었다. 순간 본인도 세탁기 앞에서 당황했을 것이다. 간신히 지난날의 기억을 되살려 어찌어찌해서 세탁기를 작동시킨들 세탁이 끝나고 옆에 있는 건조기로 빨래를 옮기는 순간 다시 한번 그녀의 머리는 하얘진다. 도대체 이놈의 건조기는 어떻게 사용한단 말인가!

난 분명 잘하고 있는 것이다. 칭찬받아 마땅하다. 아내가 세탁기 사용법을 까먹을 정도로 내가 대신 빨래를 했다면 그것은 얼마나 많이 한 것을 의미하는 것일까? 청소의 경우 간혹 아내도 보조적으로 나를 도왔다. 내가 사람들을 만나러 간다든지,

아니면 급한 일 때문에 어쩔 수 없이 자신이 청소를 해야 하는 경우가 있다. 그래서 진공청소기 사용법은 까먹지를 않는다. 또 간단한 동작만으로 작동한다.

 하지만 빨래는 예외다. 언제든 미룰 수 있다. 하루도 미룰 수 있고 그다음 날도, 그다음 날도 미룰 수 있다. 그래서 빨래를 아내가 하는 경우는 거의 없다. 또 진공청소기에 비해 제법 복잡하다. 순간적으로 수많은 버튼 앞에 당황하게 된다. 너무 미안해하지는 말아. 당신이 내세우는 저작권이 있잖아...

 대신 빨래를 할 때 나만의 규칙은 있다. 비벼 빨지는 않는다. 세탁을 할 때 간혹 아내 옷에 얼룩이 있다든지 하면 먼저 손빨래를 간단히 하고 세탁기에 넣어야 하는데 그러지는 않는다. 물론 내 옷은 그렇게 한다. 내 옷은 일일이 찾아가며 그렇게 세탁을 한다.

 하지만 그 외의 나머지 세탁물은 그냥 세탁기에 넣고 빨래를 한다. 이렇게 하면 빨래는 그렇게 힘든 영역이 아니다. 분명 도와주는 일에도 경계가 있고 타협점은 있어야 한다. 그래야 오래 불평 없이 이어서 할 수 있다.

사람들은 남자인 내가 빨래도 한다고 하면 꽤 놀란 듯 쳐다보는데 그건 이 일이 얼마나 간단한지 잘 경험하지 못한 사람이 그러는 것이다. 밥은 밥통이 하고 빨래는 세탁기가 한다.

모든 세탁이 끝나면 바로 옆 건조기에 넣고 빨래를 건조 시킨다. 그렇게 버튼 몇 번 누르면 빨래라는 모든 영역은 끝이 난다. 하지만 아주 중요한 것이 하나 남아있다. 빨래를 개는 작업이다. 이 작업이 실제 빨래를 세탁기에 넣고 하는 것보다 더 힘이 든다. 일일이 하나하나 많은 세탁물 속에서 옷과 양말 기타 여러 가지 내용물을 구분해서 차곡차곡 개야 한다. 세탁의 하이라이트는 이렇듯 빨래를 개는 작업이다.

늘 빨래를 정리하다 보면 아내의 속옷이 눈에 띈다. 아내는 바쁘게 자신의 일을 하다가도 우연히 내가 빨래를 개고 있는 모습을 보면 그중에서 자신의 속옷만 싹싹 빼서 옷장으로 들고 간다. 나머지는 니가 알아서 하라는 것이다. 20년이 넘은 부부지만 자신의 속옷까지 남편 손에 맡기고 싶어 하지는 않는다. 속옷은 그만큼 누구에게나 은밀하고 개인적인 것이다.

이 시점에서 다소 엉뚱한 이야기인 것 같지만 예전에 어느 목사님이 설교 시간에 했던 신발 이야기를 하고 싶다. 보통 남자들이 군대에 가면 훈련소에서 하는 첫 일정이 모든 옷과 신발을 탈의하는 일이다. 그리고 국방부에서 제공한 옷과 신발로 갈아 신고 그것을 그대로 박스에 넣어 집으로 보낸다. 며칠이 지나 소중한 아들의 흔적은 박스에 담겨 다시 부모님의 손에 들어간다. 특히 아들이 신고 있던 신발을 보고 눈물을 흘리는 부모님이 많다. 그 이유는 신발은 유일하게 그 사람이 없어도 형태가 유지된다. 부모는 신발을 보는 순간 아들의 모습이 생생하게 연상된다.

나에게 아내의 속옷도 그랬다. 그녀의 속옷은 긴 시간 나와 함께 했던 아내의 모습이 연상된다. 바로 조강지처의 모습이었다. 눈물을 흘리며 어려울 때 지게미와 쌀겨로 끼니를 이으며 함께 했던 아내의 모습. 물론 젊은 시절 나의 눈을 현란하게 했던 속옷의 이미지와는 달랐다. 대신 어떻게든 이 험한 세상에서 같이 살아가고자 애쓴, 검소한 속옷의 모습이 손에 잡혔다.

그래서 나는 아내의 속옷을 볼 때마다 이 처음의 결의를 다시 다지곤 한다. '그래. 지금부터는 아무 일도 하지 않아도 돼. 왜? 내가 대신하면 되니까.'

오늘도 역시 우리 집 풍경은 TV에서 익숙히 보았던 장면과 반대로 흘러간다. 아내는 책상에서 꽤나 심각한 표정을 지으며 신문을 폼나게 읽고 있고 난 그 아래에 다소곳이 앉아 빨래를 개고 있다. 마치 새침한 새색시같이. 오늘은 모든 빨래를 다 개고 장난삼아 신문을 읽고 있는 아내 앞으로 가서 거수경례를 해보았다.

"분부하신 모든 빨래 끝냈습니다. 충성~!"

아내가 가볍게 경례를 받아준다.

"잘했어! 그런데 라테 커피 마시고 싶은데 우유가 없으니 이따 마트에 들러 우유 하나 사다 놓도록!"

"예. 알겠습니다. 충~성!!"

어쩌다 이렇게 직접 나오셨어요?

7112, 나소희님(가명) 맞죠?

물건을 계산대에 내려놓자마자 마트 여직원이 능수능란하게 나를 보며 말한다. 이럴 땐 간혹 복잡한 기분을 느끼게 된다. 단골인 나를 정확히 알아보고 응대해 주는 서비스 정신에 감탄을 하다가도 내가 얼마나 자주 마트에 들러 아내를 대신해서 장을 보았으면 이 사람들이 나를 보자마자 척~ 하고 알아볼까 하는 약간의 부끄러움을 동시에 느낀다.

맞다. 난 죄수번호 7112번이 아니라 고객번호 7112번이다. 오늘도 아내 이름 앞으로 알뜰살뜰 포인트 적립을 했다. 다행히 마트 여직원 중에는 이 번호까지 기억하는 사람은 별로 없다. 하지만 분명 기억하는 이름이 있다. 바로 아내의 이름, 나소희다. 수십 번, 수백 번 들었던 그녀의 이름인 것이다.

 잠깐 마트 여직원들 입장에서 생각해 봤다. 허우대 멀쩡한 어떤 남자가 마트에 자주 온다. 나이는 적어 보이진 않는다. 상추, 오이, 시금치, 우유를 사고 라면과 과자, 즉석식품은 사지 않는 것을 보니 건강은 챙기는 것 같다.

 하도 자주 오길래 혼자 사는 독거 남자인가 생각하다가 고객번호 다음에 나오는 이름, 나소희는 여자 이름이다. 그렇다면 결혼은 한 것인데 왜 아내는 얼굴을 보기 힘들고 남편만 이렇게 자주 오는 것일까? 아내가 돈을 많이 버나? 남편은 백수이면서 집안일을 하나? 도대체 나소희 이 여자는 뭐 하는 여자일까? 나를 바라보는 묘한 눈빛에서 어지럽게 돌아가는 그녀들의 상상을 살짝 느낄 수 있다.

 이쯤에서 나에 대해 이야기를 해야겠다. 난 이곳 제주에서 무인카페를 운영하고 있다. 숙소도 하나 운영하고 있다. 그래서 한 가지는 밝혀 두고 싶다. 내가 아내보다 돈은 많이 번다. 이건 팩트다. 당연히 백수는 아니라고 강조하고 싶다. 하지만 무인카페를 운영하다 보니 시간적 자유는 남들보다 많이 있다. 매시간 카페에 상주하지 않아도 되고 그렇기에 아침에 오픈하고 밤 9시에 문을 닫을 때까지 활용할 시간이 많이 있다. 물론 숙소도 운영하고 있지만 하나만 운영하다 보니 시간적 여유는 늘 있는 편이다.

그에 반해 아내는 늘 바쁘다. 매일 어린이신문 두 개 포함, 5개의 신문을 정독해야 하고 본인이 하고 있는 수업 준비도 하고 제주에서 새롭게 사회복지 공부를 시작하여 작년부터는 대학원도 다니고 있다. 책상 위에 항상 수북이 쌓여 있는 도서관 책도 난 이해할 순 없지만 그 책을 읽는 것이 아내의 기쁨이라 말릴 수도 없다. 그래서 아내는 늘 시간에 허덕인다. 설상가상으로 아내의 체력은 거의 바닥 수준이다. 이 모든 것을 끝내고 집안일을 할 여력이 없다!

이쯤 되면 다시 이 책의 처음으로 돌아가야 한다. 우선 안타까운 아내의 상황은 이해할만하지만 내가 집안일을 해야 할 의무는 정확히 없다. 바쁘고 안 바쁘고 어떻게 보면 아내의 사정이다. 나도 내 일을 정확히 하고 매달 돈도 벌어다 준다. 대학원도 본인이 원해서 다닌 것이지 내가 강요한 것도 없다. 요즘과 같이 엄격하게 따지는 세상이라면 조금 양보해서 서로 반반씩 하면 된다. 굳이 이 모든 것을 내가 다 할 필요는 없다.

하지만 이렇게 머리를 굴리다 보면 지혜로운 어느 분의 말씀이 내 가슴을 후벼 판다.

"그게 무슨 사랑이야. 장사꾼이지.
할 필요는 없다 치더라도 그렇게 마음을 내면 좋지."

오른쪽 손을 들어 왼쪽 가슴에 대본다. 잠시 생각한다. 20년 넘은 결혼 생활동안 서투르고 부족한 나의 인격에 갈가리 찢긴 아내의 상처를 느껴보려 한다.

이때 무언가 내면의 깊은 곳에서 울컥하는 것이 올라온다면 나와 같이 지금 당장 손에 진공청소기를 쥐어 보자. 요란한 모터 소리를 거실에 힘껏 울려보자. 세탁기도 자유자재로 돌리고 이렇게 아내의 부탁으로 마트로 냉큼 달려가서 고객번호 7112번을 대고 자랑스러운 나소희 이름 앞으로 적립도 해보자.

그러면 된다!

정말 나소희 씨는 아무것도 모른다. 언제 식용유와 참기름이 세일을 하는지, 상추는 지금 100g에 얼마인지, 냉장고 안 달걀은 몇 개가 남아있는지, 알지도 못하고 관심도 없다. 단지 떨어지면 사 오라고 명령할 뿐이다. 그것만이 아니다. 화장지는 쿠팡의 어느 제품을 시켜야 하고 우리집 개 요거트가 먹는 사료의 종류는 어떤 것이며 간장은 마트의 묶음 세일보다 온라인으로 단일상품, 로켓배송으로 시키는 것이 더 효율적인지 알 턱이 없다. 모든 재고 파악은 내가 해야 하고 떨어지지 않게 미리미리 준비하고 주문해야 한다.

그런데,
정말 그런데,,,
그 유명한 나소희씨가
어느 날 말도 없이
혼자 마트에 갔다.

"고객번호가 어떻게 되시죠?"

"7112입니다"

"성함은요?"

"나. 소. 희"

순간 마트 여직원들의 눈이 휘둥그레졌다. 그 유명한 나소희씨를 이렇게 직접 뵐 줄이야! 그러면서 조심스레 한마디 한다.

"어쩌다 이렇게 직접 나오셨어요?"

그녀가 짜증이 났다

내게는 좀 황당한 일이 벌어졌다. 아내가 냉장고 문을 열어보고는 짜증을 낸다. 순간 '어. 뭐지?' 하는 당황함과 함께 두 가지 의문점이 퍼뜩 들었다.

첫째, 냉장고 정리는 나한테 인수인계된 후로 그래도 나름 무난하게 진행되고 있어서 짜증 낼 일이 없을 터인데 왜 그럴까, 하는 점이다. 두 번째로는 좀처럼 짜증을 내지 않는 아내를 그렇게 만든 원인이 뭐일까, 하는 점이었다.

도대체 방금 냉장고 안에는 무슨 일이 벌어졌을까?

"먹을 게 하나도 없어!!"

아내가 짜증을 내는 이유였다. 주어는 빠져 있었지만 당연히 자신이 먹을 게 없다는 말이다. 몇 달 전 건강검진에 혈압이 조금 높게 나와 요즘 들어 관리한다고 나는 현미 채식 위주로 식사를 진행한 것이 원인이라면 원인이었다. 그런데 그것도 이유는 안 된다. 왜냐하면 나는 나대로 식사를 하면 되고 본인은 본인대로 식사를 하면 되니까 말이다.

내 식사 준비는 그렇게 어렵지 않다. 현미밥에 상추, 깻잎과 같은 초록색 엽채류와 과일, 당근, 그리고 약간의 밑반찬이면 충분하다. 시간도 걸리지 않고 간단하고 간편하다. 그렇다면 저 짜증은 자기 먹을 반찬까지 현미 채식을 하고 있는 나한테 따로 만들어 달라는 이야기인지, 아니면 그냥 스스로 짜증이 나서 나온 의미 없는 독백인지 먼저 의도를 파악해야 했다.

속마음을 파악하는 데는 그렇게 오래 걸리지 않았다. 요즘 들어 더욱 바빠진 아내. 정말 내가 봐도 이해할 수 없을 정도로 하루 일과가 빼곡하다. 심각한 저질 체력에 빽빽이 짜여진 그녀의 일정은 도무지 반찬을 만들 여력이 전혀 없어 보였다. 그럼에도 불구하고 본인이 중요하게 생각하는 밥과 맛있는 반찬에 대한 욕구는 하늘을 찌를 듯 날카롭게 치솟아 있었다. 그래서 스스로 그 칼날에 상처나고 아파하고 있다. '아... 미치겠다. 이럴 때에도 마음을 내야 하는 것인가? 내가 이제는 반찬까지 신경 쓰고 체크해야 한단 말인가!'

우선 이 부분에 대해서 아내한테 약속은 하지 않았다. 약속은 지켜야 할 것이며 이번에도 그렇게 하기에는 심리적 부담이 너무 컸다. 나는 도움에는 경계가 있어야 하고 타협점이 있어야 한다고 생각하는 사람이다. 선한 의도로 시작했어도 내 주제도 모르고 무턱대고 덤볐다가는 나도, 아내도 같이 상처받고 끝날 가망성이 더 많다. 그럼에도 불구하고 아내가 그렇게 투정을 부리고 대학원 수업을 받으러 학교에 간 사이, 난 본능적으로 유튜브를 켜고 백종원을 검색하고 있었다. '백종원 장아찌' 이렇게 단어를 넣었다.

아내와 내가 반찬을 만들 때 가장 큰 차이를 보이는 것이 바로 이렇게 요리 시작 전 이루어지는 정보검색 단계이다. 아내는 이 부분을 늘 생략한다. 이건 내가 긴 세월 이해하기 힘든 영역이었다. 무엇이든 항상 배워야 한다는 그녀의 엄중한 철학은 유일하게 집안일에 대해서는 예외였다.

예를 들어 매번 똑같이 실패하는 김치 같은 것 말이다. 오이김치, 쪽파김치, 배추김치 등. 왜 맛이 안 나지? 하면서 고개를 갸우뚱하는 아내의 낯익은 얼굴이 스쳐 지나간다. 몰라서 묻는 거야? 창의적이고 늘 배우려는 자세도 자신이 하고 싶은 일에 있어서 적용되는 부분이지 저렇게 하기 싫은 집안일에 대해서는 도무지 배우고 싶지도, 알고 싶지도 않아 했다.

대부분의 남자들이 그렇듯 나도 요리에는 거의 초보 수준을 벗어나지는 못한다. 하지만 아내와는 다르다. 내 주제를 파악하고 유튜브를 켜고 무릎을 꿇고 스승님을 호출한다. 여러 스승님들이 나왔지만 백종원 사부님을 선택하기로 했다. 구수한 사투리가 내 마음을 차분히 가라앉힌다.

오늘은 장아찌 요리를 하기로 마음먹었다. 오래 먹을 수 있고 간단히 만들 수 있는 장아찌와 같은 몇 개의 밑반찬에, 그날그날 한두 가지 요리를 곁들이면 아내의 식단을 만족시킬 것 같았다. 그렇게 수많은 장아찌 중에서 샐러드와 시금치, 방울토마토

장아찌와 가장 평범한 오이장아찌 이렇게 4가지를 마음에
두었다. 종목이 결정이 되면 재료 구입을 위해 다시 단골마트로
달려가서 죄수번호 7112, 아니 고객번호 7112를 대고 그 유명한
나소희 이름으로 적립하고 집으로 오면 된다. 물론 마트 여직원의
묘한 눈길도 한 몸에 받으면서... 이렇게 되면 모든 준비가 끝난다.

 간장과 물은 1:1, 그리고 설탕은 0.8 비율로, 식초는 0.6의
비율로 장아찌에 넣을 간장을 만든다. 설탕이 좀 많게 느껴지지만
이날만큼은 사부의 말을 그대로 듣기로 했다. 가장 중요한
장아찌 간장을 만들고 테스트할 겸 작은 숟갈로 살짝 찍어 맛을
보니 아~~ 이게 웬일, 내가 생각해도 너무 맛있다. 시금치도 끓는
물에 10초를 세서 정확히 데치고 방울토마토도 같은 방법으로
살짝 데친 후 일일이 껍질을 까서 재료를 준비해 두었다. 그렇게
한올 한올 나의 정성과 집중으로 만들어진 샐러드, 시금치,
방울토마토, 오이장아찌.

 수업을 마치고 집에 돌아온 아내의 눈이 휘둥그레졌다. 일부러
바로 냉장고에 넣지 않고 식탁 위에 전리품을 전시해 놓았다. 유리
반찬통에 담겨 찬란히 빛나고 있는 저 장아찌의 향연. 더욱이
아내는 사부님의 영상을 보지 않아서 기껏해야 양파, 오이 등

평범한 장아찌밖에 보지 못했는데 어떻게 시금치, 방울토마토로도 장아찌를 담글 수 있냐고 놀라워한다. 그러면서 손도 씻지 않고 한 입 먹어보더니 커진 눈이 더 커졌다. '그래. 나소희, 너는 지금 남편이 해 준 세계 유일무이한 음식을 먹는 거라고.'

이런 에피소드를 지인분한테 자랑삼아 전했더니 나보고 이젠 큰일 났다고 한다. 아내가 짜증을 한번 낼 때마다 저렇게 반찬이 나오는 것을 알게 되어버렸으니 나중에 뒷감당은 어떻게 할 거냐며 웃으면서 이야기한다. '어라~ 이 생각까지는 못했는데...' 덜컹 겁이 났다. 설마, 설마 하다가 설마가 사람 잡을 수는 있겠지. 하지만 그래도 이렇게 마음을 내면 좋지,라는 간단한 생각으로 내 안의 '설마'를 살짝 잠재워 둔다.

당신 없인 못 살아

　팔십이 넘으신 우리 부모님은 어느 때부터 병원을 친구로 삼으셨다. 연로하신 몸에, 친구를 혼자 만나러 가실 수 없었던 부모님은 늘 누나를 데리고 가셨다. 정말 이 자리를 빌려 누나와 매형께 감사의 말을 전하고 싶다. 이곳 제주에 있으면서 아들 도리를 제대로 하지 못한 부분을 그분들은 거의 완벽하고 깔끔하게 메워 놓았다.

　하지만 그래도 간혹 서울에 부모님을 뵈러 갈 일이 있다. 상황이 좋지 않아 심리적으로 부모님의 마음이 무너질 때 제주에 있는 막내아들을 보고 싶어 하셨기 때문이었다. 누구나 그렇겠지만 이런 상황이 오면 마음이 부산해진다. 무인카페도 걱정이고 숙소

청소에, 손님들 체크인 안내에 여러모로 걱정되는 부분이 많다. 그래서 며칠 전부터 숙소가 빈 날을 골라 비행기 표를 예약한다.

"요거트(우리집 진돗개)는 아침에 내가 풀어 놓고 똥, 오줌 다 쌌으니 오늘은 안 풀어 놔도 돼. 내일도 아침에는 풀어 놓지 마. 내가 갔다 와서 할 거니까."

"빨래도 그냥 놔둬. 갔다 와서 내가 할 테니까"

"카페는 오늘은 중간에는 점검하지 말고 밤에 마감만 해. 내일 오픈 시간 너무 늦지 않게 잘하고"

잔소리 좀 그만하고 빨리 공항이나 가라고 아내가 핀잔을 준다. 그런데 이상하게 걱정이 된다. 마음이 놓이지 않는다. 이유는 다른 것이 아니었다. 실제 내가 하고 있는 일이 많았다. 일 년에 두 번, 봄 가을에 이곳 제주에 놀러 오시는 것을 지상 최대의 낙으로 삼고 계신 아버님도 실제 그런 이야기를 하셨다. 너가 하고 있는 일이 많다고... 단순히 며느리 아무 일 안 한다는 지적이 아니라 누구 말대로 요즘 유행하는 문장, 그건 팩트였다!

하긴 아침 일찍 일어나서 카페 오픈에, 그리고 무인카페로 운영되다 보니 중간중간 점검에, 또 밤이 되면 마감에, 숙소

청소에, 빨래에, 심지어 강아지 산책도 도맡아 하고 있는 내 모습을 보며 하신 말씀이었다. 그런데 특히 오늘은 서울에서 하루를 자고 오는 일정이다. 대부분 서울에 부모님을 뵈러 갈 때 아침 일찍 출발해서, 오후에는 제주에 다시 오곤 했는데 오늘은 서울에서 하루를 자고 오는 일정이었다. 내가 없는 공백의 시간이 너무 길다.

그렇게 서울로 올라간 후, 오랜만에 부모님의 얼굴을 뵈니 눈물이 살짝 나왔다. 몇 달 전에 제주에 와서 잘 놀다 다시 서울로 올라가셨는데 아버님이 갑자기 몸에 이상이 생기셔서 병원에 입원하셨다. 몇 번이고 전화로 오지 말아라, 걱정하지 말아라, 네 일이나 잘해라 말씀하셔서 그리 큰 걱정은 하지 않는데 막상 이렇게 병원 침대에 누워 계신 연로하신 아버님을 보니 마음이 무너졌다. 난 늘 내 집 걱정, 내 부인 걱정, 내 딸 걱정인데 아버님은 언제나 제주에 혼자 떨어져 있는 막내아들 걱정을 한다. 뭐 하러 여기까지 왔냐고 역정을 낸다.

오랜만에 형제들과도 늦은 밤까지 이야기를 했다. 제주에 있던 10년의 시간이 금방 지나가버린 것 같다. 서울을 떠나기 전 모두 40대였는데 이젠 모두 50대이고 제일 큰형은 몇 년이 지나면 환갑을 맞이한다. 빛의 속도로 가는 시간은 거의 스릴러 영화에 가깝다. 허공에서 떨어지는 날카로운 칼 같아서 잡으려야 잡을 수도 없다. 가볍게 맥주도 한잔했다. 긴장된 마음도 이젠 조금씩 풀어지면서 긴 시간 못 나누었던 이야기보따리도 하나 둘 풀려 세상 밖으로 나오고 있다. 늦은 밤까지 이어진 오붓한 시간에 늘 걱정이 많으신 어머님은 이젠 그만 자야 내일 일을 하지, 라고 하면서 재우려 하신다. 나의 서울에서의 밤은 이렇게 아무 생각 없이 잠시나마 제주의 집을 잊으면서 편하게 지나가고 있었다.

다음날, 모든 볼일을 마치고 다시 제주로 가기 위해 들린 김포공항 대합실. 늦은 오후 햇살이 커다란 유리창 사이로 찰랑찰랑 황금빛 보리 물결을 이루었다. 연로하신 부모님과 그리고 중년의 시기에 조심스레 먼 노년을 준비하고 있는 우리 형제들의 시간, 그리고 오후의 석양은 자연스럽게 어울리면서 내 마음을 차분하게 적셔 놓았다. 쓸쓸하기도 하면서 약간 외롭기도 하고, 그러면서 아무 고민 없는, 평화로운 마음 상태가 이어졌다.

하지만 제주공항에 도착 후에 나는 다시 바빠지고 부주해지기 시작했다. 내가 없는 사이에 카페는 별일이 없었을까? 집에 도착하자마자 바로 <산책>카페 체크도 하고 급히 떠나느라 하지 못했던 숙소 빨래부터 세탁기에 돌려야 할 것이다. 그리고 우리 강아지 요거트는 잘 있을까? 등등 다소 복잡한 마음으로 집에 도착했다. 아니나 다를까 고작 하루 못 본 것 같은데 아내는 너무나 반갑게 나를 맞이한다. 분주하게 자신의 수업을 준비하면서.

"아! 미치겠다."

"아니 왜? 무슨 일 있었어?"

"아니 그런 건 아니고..."

" ..."

"정말 당신 서울 가고 나 한 시간도 편히 쉬지 못했어. 청소기도 몇 번 돌리고 이거 할 일 있고 저거 할 일 있고... 커피도 편하게 한 잔 못 마셨고 신문도 못 읽고, 아... 진짜 힘들어 죽겠다니까!"

그러더니 나를 보며 진지하게 한마디 한다. 그냥 오래 살라고 한다. 당신 없인 못 살겠다고 한다. 한마디로 늙어 죽을 때까지 자신의 수발을 들라는 얘기지. 살짝 상기된 아내의 두 뺨에 내가 없는 동안 어수선하기만 했던 그녀의 시간이 그려졌다. 웃음도 나왔다. 쌤통이다. 쌤통. 그래, 좋다! 어찌 되었든 황혼이혼은 당하지 않을 것 같다.

그게 왜 내 일을 대신 해줬다고 생각해?

어느 날부터 시작된 아내의 작은 반란은 서서히, 그리고 점점 대담하게 진행되고 있었다. 처음에는 머리띠 매고 한두 마디 외친 단결 투쟁 비슷한 것에서 어설프게 시작된 듯했다. 그러더니 제법 피켓도 들고 외형도 갖추더니 이젠 뭐 거의 민란 수준으로 확 타올랐다. 원인은 어진 임금 탓이었다.

서울에서 엉망진창 살던 내가 반성의 차원으로 이곳 제주에서는 좀 성실하게 살아보자는 뜻으로 진행된 가사 돕기가 해를 지나면 지날수록 점점 세게 다가왔다. 결국 걷잡을 수 없는 봉기로 인해 왕은 폐위가 되고 그 자리에 새로운 여왕이 득세하게 되었다. 상관은 없었다. 폐위가 되든 귀양을 가든 애초 시작이 사랑이라면 그 마침도 사랑이 되어야 했다.

"내가 설거지 해줘서 좋지?"

"…. 그게 왜 내 일을 대신 해줬다고 생각해?"

애당초 뭔가 기대한 것이 잘못이었다. 나의 공든 에펠탑은 그렇게 허무하게 무너졌다. 고상하게 책 읽고 있는 아내를 위해 대신 설거지를 하면 "당신이 최고야." 하며 칭찬 한마디 듣고 싶었는데 아내는 '이건 도대체 뭔 소리?'라는 듯이 내 질문에 또 다른 질문으로 맞서면서 퉁명스럽게 한마디 했다.

하긴 그게 아내의 매력이기도 했다. 뭔가 말이 안 되는 것을 말이 되는 듯이, 적반하장과 같은 묘한 마법을 부리며 살짝 담 넘어가듯 넘어가는 저 능구렁이 같은 끈끈한 유머. 이상하게 난 그게 웃겼다. 하지만 아내는 진심이었다. 유머가 아니었다. 단지 너무 차분하고 당돌해서 유머인 듯 느껴진 것뿐이었고 '당신도 이젠 알아야 하지 않을까?'라는 설득과 '이젠 더 이상 그렇게 살고 싶지 않다.'는 의지의 표현이기도 했다.

아내에게 서울에서의 10년이 조금 넘는 결혼생활은 그렇게

44

호락호락하지 않은 시간들이었다. 시댁은 남아선호사상의 선봉에 있었다. 그 중심에는 아주 독보적인 분이 한 분 계셨는데 바로 우리 할머님이셨다. 그분은 밥상을 차릴 때에도 아버님을 비롯해서 남자들이 먹는 상과 자신을 포함해서 어머님, 며느리들이 같이 먹는 상을 따로 차리셨다. 그리곤 밥은 꼭 자신이 푸셨는데 아끼는 사람 순서대로 밥공기에 하나하나 담아내셨다. 아버님, 형, 나, 그리고, 여자들 순으로... 며느리는 그 여자들 순서에서 가장 끝 순위였다. 그것만이 아니었다.

다혈질인 시아버지는 금방 화를 내고 금방 웃었다. 묵묵하고 어지간하면 말도 잘 하지 않는 아내는 이 또한 이해하기 힘들어했다. 또한 나는 어땠을까? 그런 집안의 막내아들로 자라서 이 모든 것을 당연하게 생각했고 나 역시 다혈질이었다. 쉽게 흥분하고 쉽게 화를 냈다.

그런데 이런 암울한 아내의 인생에 반전은 일어났다. 나는 당시 아버지의 야채 가게를 이어받아 형과 함께 운영하고 있었다. 형은 도매시장 중매인으로 물건을 싸게 낙찰을 받고, 그러면 나는 그것을 가져다가 도소매로 팔았다. 철저히 분업화된 시스템이었다. 장사는 곧잘 되었다. 나는 영등포 도매시장에서 '막내'라 불리며 몇 손가락 안에 들 정도가 되었다. 그런데 장사가 잘 되면서 자만심과 함께 근무 태만이 일어났다. 그렇게 서서히 장사가 기울어가기 시작하면서 하기 싫은 것을 억지로 이어가다가, 어느 날엔 느닷없이 부족해진 수입을, 해보지도 않은 주식으로 만회해보겠다고 기웃기웃하더니 결정적으로 큰 손실을 입었다.

그때가 되서야 정신이 번쩍 났다. 나는 실패를 통해 배우게 된 큰 깨달음을 바탕으로 이 기회에 내 삶을 근본적으로 바꾸고 싶었다. 그것이 바로 제주 이주였다. 그런데 이것이 아내에게 기회가 될 수 있었던 것은 그간 내가 철저하게 의지했던 대상이 부모님에게서 아내로 옮겨지면서부터다.

그때부터 모든 것을 아내와 의논했다. 아내의 말을 듣고, 존중하고, 의견의 합일도 반드시 이루어 내야 했다. 그건 당연했다. 부모님이 이사를 가는 것이 아니라 우리가 이사를 가는 것이다. 낯선 곳, 제주에 아내와 나, 그리고 9살 된 딸을 데리고 말이다. 내가 의지할 사람은 아내 말고 아무도 없었다.

아내 입장에서 기회는 아주 좋았다. 아무도 없는 낯선 제주에서 우린 서로를 의지하며 어려움을 이겨낼 수밖에 없었는데 이런 과정에서 나는 조금씩 아내의 손에 바뀌어져갔다. 아내는 이곳에서 긴 시간, 천천히 그러면서 완벽하게 나의 정신을 개조하기 시작했다. 머리부터 발끝까지 싹 바꿨다. 무슨 인문학, 철학도 아니고 그전까지 당연한 모든 것들이 당연하지 않은 것으로, 첫출발부터 회의와 의심을 가지고 접근했다.

바로 앞서 말한 "그게 왜 내 일을 대신해줬다고 생각해?"라는 아내의 질문으로 모든 것이 귀결되었다. 그러더니 이곳 제주에서 10년이 지난, 자신의 나이가 오십이 넘는 순간, 그리고 딸아이가 고등학교를 졸업해서 육지에 있는 대학교 기숙사에 들어가는 순간, 모든 것은 다시 뒤집어졌다. 그러니까 더 이상 아내와 엄마로서가 아니라 이젠 나소희, 또 하나의 여자로 다시 태어났다는 것이다.

이젠 더 이상 주변의 눈치를 보며
하기 싫은 일은 하지 않겠다!

아내의 핵심적인 주장이었다. 싫은 것은 싫다고 분명히 말하겠다는 것이고 거절할 것은 과감히 거절하겠다는 것이었다. 일종의 선전포고이고 내가 보기엔 이건 나소희 독립만세였다.

그런데 이때 그 말을 들은 나는 이상하게 기분이 좋았다. 그간 정신개조가 많이 되어서 그런 것일까? 이상할 정도로 아내의 선언에 내가 흥분되고 속이 뻥 뚫리는 것 같은 느낌이 들었다. 마치 나 또한 그렇게 살고 싶다는 마음이 아내의 선언과 맞물려 그런 아내가 좋아 보였다.

솔직한 것, 용기 있게 자신의 삶을 살아가는 것은 상대에게 나쁜 것이 아니다. 오히려 긍정적인 영향을 주었다. 아내 덕분에 나 또한 좋은 에너지를 받았다. 그것만이 아니다. 편안하게 상대를 인정해 주면 같이 편안해질 수 있다. 이건 의외로 어려운 일이 아니며 서로에게 윈윈이 된다. 그 사람을 내 생각대로 움직이게 하는 로봇이 아니라 말 그대로 자유의사를 가진 한 개인으로 인정해 준다. 거절하는 것은 그 사람 자유고 그렇게 생각하는 것도 그 사람 자유이다. 받아들이면 나도 편안해진다. 이상한 논리일 것 같지만 오히려 내 뜻대로 상대방을 바꾸기 위해 고집스럽게 우기고 화를 내야 하는 것이 더 힘들다.

그러면서 아내는 좋아하는 것에 대해서도 바로바로 이야기했다. 20년을 넘게 살면서 새롭게 알게 된 것들이 꽤 있었다. 놀라웠기보다는 지금에서야 안 것들에 대해 부끄러운 감정이 더 많았다.

오늘도 아내는 늘 마시는 카페라테와 함께 내 옆에서 안경을 쓰고 신문 5개를 펼쳐 놓고 정독하고 있다. 이건 아내가 참 좋아하는 일 중에 하나다. 가만히 그 모습을 바라보고 있는데 갑자기 코에 살짝 걸쳐진 동그란 안경테가 어울릴 듯 어울리지 않아서 웃음이 나왔다. 아내가 살짝 기분이 나쁜 듯 나를 보며 왜 실실 웃냐고 한다. 그냥 아무 말 하지 않았다. 그랬더니 다시 신문을 본다.

'그래, 당신이 이렇게 제주에서 행복하게 지내니
  나도 참 좋다.'

이것이 내가 아내에게 웃으면서 하고 싶은 말이었다.

제주에 와서 설거지 복이 터졌다. 서울에 살면서 그간 거의 안 해본 이 설거지는 그 죄에 비례해서 소돔과 고모라를 멸망시킨 유황불처럼 내 머리 위에 직통으로 쏟아져 내렸다. '에이~ 이럴 줄 알았으면 평상시 조금씩 해 놓고 죄의 무게를 가볍게 하는 건데.'

우리는 어리석어서 미래를 대비할, 아니 바라볼 능력이 없다. 갑자기 지금은 고인이 되신 우리 할머니가 원망스럽다. 왜 그분은 그때 그 시절 남자들은 부엌 근방에도 얼씬거리지 말라고 신신당부하셨을까? 왜 본인도 여자이면서 그렇게 여성차별에 앞장서셨을까?

설거지는 집에서만 쏟아진 것이 아니라 내가 속한 교회에서도 쏟아져 내렸다. 작은 교회이지만 예배 후에 다 같이 밥을 먹고 교제하는 시간이 있었다. 먹는 것은 좋은데 늘 그렇듯 설거지 문제가 남았다. 인원이 작은 교회여서일까 이상하게 설거지 당번은 금방금방 돌아왔다. 문제는 이 설거지의 규모가 집과는 비교할 수 없다는 것. 뭐든지 대형이었다. 국을 끓이는 솥, 밥솥, 찌개 등등. 남자인 내가 한 손으로 잡고 설거지하기에도 큰 그릇들과 솥 때문에 여간 골치가 아픈 게 아니었다. 그리고 작은 인원이긴 해도 밥 먹는 접시는 몇 개이며 그릇들은 몇 개던가!

하지만 지금까지는 아주 단순한 문제였다. 고정된 순서에 의해 돌아가는 설거지 당번은 가장 난이도가 낮았다. 순서가 돌아오면 하면 된다. 힘이 들 뿐 복잡한 것은 없었다. 하지만 미리 순서가 정해져 있지 않은, 비공식 설거지의 경우는(그날그날 임의로 설거지 자원자에 의해 진행되는) 다소 복잡했다.

이 문제가 의외로 어렵고 만만치 않은 것은 내면에서 이루어지고 있는 복잡한 감정 때문이다. 처음의 시작은 다 좋다. 모여서 같이 식사를 하고 밥을 먹고 좋은 시간을 가지는 것은 생각만 해도 즐겁다. 하지만 행복했던 신혼은 끝이 났다.

식사시간이 끝나면 사람들은 눈치를 본다. 과연 이 많은 설거지를 누가 할 것인가의 문제 때문이다. 이쯤이면 나도 고민이 된다. 잠깐 얼굴에 철판만 깔면 된다는 생각을 한다. 그러면 으레 그 모임에서 가장 착하고 순한 사람이 설거지를 할 것이고 나중에 "수고하셨습니다."라고 한마디만 하면 그만이다.

인생은 매번 선택이다. 설거지도 선택이다. 처음에는 좋은 마음으로 누가 시키지도 않은 설거지를 자발적으로 선택한다. 하지만 시간이 지나면 자연스럽게 알게 된다. 매번 설거지를 하는 사람만 하고, 하지 않는 사람은 여전히 하지 않는 것을. 그때부터 마음은 복잡해진다. 어떤 때에는 바보가 된 느낌이 들 때도 있다.

그리고 설거지 때문에 마음이 복잡해지는 것은 그것만이 가지는 특별한 진행 과정에 있다. 대체적으로 설거지가 시작되면 나머지 사람들은 식사가 끝난 후 차와 다과 등을 나눈다. 함께 교제하면서 더 좋고 친밀한 시간을 가진다. 그러니까 같은 공간에서, 전혀 다른 두 개의 상황을 바라본다. 본인은 힘들게 설거지를 하고 있는데 자신의 등 뒤로 웃음소리가 끊이지 않는다. 이 문제는 얼핏 보면 간단한 것 같지만 예리하게 잘 다루어야 할 문제다. 인생사 복잡한 모든 문제가 유치해 보이는 설거지에 다

녹아 있다.

> 너를 걸어 고소하여 네 속옷을 가지려는 사람에게는, 겉옷까지도 내주어라. 누가 너더러 억지로 오 리를 가자고 하거든, 십 리를 같이 가 주어라.

[마태복음 5:40-41, 새번역]

예수님이 지혜가 부족해서 우리에게 이렇게 말했을까? 그분은 우리에게 이렇게 말한다. "바보처럼 살아라. 너를 바보라고 생각하는 사람들에게 아무런 대꾸를 하지 말고 그렇게 계속 바보처럼 살아라. 그것이 지혜로운 것이다. 그것이 세상을 편하게 사는 길이다."

나도 낯선 이곳 제주에서 긴 시간 살면서 깨닫게 되었다. 바보처럼 사는 것이 세상을 편하게 사는 것이라고. 그것이 지혜로운 것이라고.

오늘도 아내가 나를 바보로 여기고 식사가 끝난 후에도 핸드폰으로 카톡을 열심히 하고 있다. 요즘 들어 더욱 나를 바보로 여기는 느낌이다.

나는 아무런 이야기하지 않고 먼저 자리에서 발딱 일어나 설거지를 하기 시작했다. 싱크대에 물이 쏟아지는 순간 아내는 부랴부랴 카톡을 끝내더니 냉장고에서 과일을 꺼내 깎기 시작한다. 예쁜 그릇을 찾아 과일을 진열해 놓는다.

우리는 이렇게 설거지를 마치고 맛있게 과일을 먹었다. 아내가 오늘따라 더욱 크게 웃는다. 자신의 속임수에 자꾸 넘어가는 남편이 요즘 들어 더욱 좋아진 모양이다. 그러더니 한마디 한다.

"나, 요즘 행복한 거 같아."

도대체 요거트는 누가 데려오자 했던가!

"왜 개 이름이 요거트예요?"

집에서 수업을 받고 있는 아이들이 아내에게 물어본다. "음...
그건 말이야, 이 아이 엄마가 밀크야. 그렇다면 이 아이는 당연히
요거트 아니겠어?" 아이들이 뭔가 생각하다가 한참이 지나
고개를 끄덕인다.

요거트는 이렇게 수업을 들으러 온 아이들에게 늘 호기심의
대상이었다. 하긴 개중에서도 아주 잘 생긴 수컷 진돗개였다.
진돗개답게 충성심이 좋아 주인 이외에 다른 사람에게는 눈길도

주지 않는다. 아내 말대로 의리의 상남자였다.

요거트가 우리 집에 온 계기는 그랬다. 제주에서 우연히 땅을 사서 집까지 건축한 아내는 더 이상 원하는 것이 없어 보였다. 그전까지는 남의 집 연세(이곳 제주에서는 월세를 일 년에 한번 한꺼번에 지불한다)를 살다가 집주인이 우리가 살던 집을 헐고 다세대 집을 짓기로 하면서 본의 아니게 나오게 되었다.

하지만 한적한 시골 마을에 임대를 주는 집이 거의 없어서 곤란하던 때에 우연히 땅까지 사서 직접 집을 짓게 되었으니 그녀의 만족도는 하늘을 찌를 듯했다. 이젠 더 이상 이사 걱정할 필요가 없는 자신의 집에, 꿈에 그리던 잔디마당, 그리고 본인이 매년 따먹을 수 있는 귤나무가 있었다.

하지만 무언가 허전한 것 하나가 남아 있었는데 그것이 바로 개를 키우는 거였다. 넓은 잔디마당을 함께 뒹굴며 뛰어 놀, 그러면서 한적한 시골 마을에 어리숙하고 겁 많은 남편을 대신해 자신을 보호해 줄 강력한 무언가를 필요로 했다.

그때부터 아내의 밤낮 없는 고문이 시작되었다. 평상시 아내는 순하고 말이 없다. 남한테 피해를 준 적도, 말이 많아 남에게 쉽게 상처를 주지도 않는다. 그런데 의외로 고집이 세서 한번 무언가 자신의 마음에 꽂히면 그건 반드시 해야 했다. 이런 사람이 개를 키워야 한다고 생각한다.

그 생각이 마음에 들어오자 그때부터 무섭게 돌진하는 불도저가 되었다. 밥을 먹을 때나, 커피를 마실 때, 산책을 나설 때마다 개 이야기를 꺼냈다. 우린 개를 키워야 한다고. 그렇게 역사적 사명을 띠고 이 땅에 태어났다고. 당시 내 입장은 결사반대까지는 아니었지만 내키지 않는 쪽에 가까웠다. 하지만 엄청난 속도로 나를 향해 돌진해 오는 불도저를 막기에는 난 너무 여리고 연약했다.

난 이미 알고 있었다. 저 개를 데리고 우리 집에 들어오는 순간 앞으로 일어날 모든 의무와 책임은 내 차지가 된다는 것을 말이다. 이상하게 슬픈 예감은 틀린 적이 없다. 처음엔 뭐 관심을 가지는 듯했다. 하긴 그땐 강아지였으니까 너무 귀여웠다. 머리도 쓰다듬고 자주 마당에 나와 천진난만하게 뛰어오는 요거트를 보며 웃기도 하고 같이 데리고 놀기도 했다. 그러다가 어린 요거트가 시간이 지나 상남자, 그 자체의 늠름한 진돗개 성견이 되는 순간 아내의 관심과 사랑은 급격히 하락하기 시작했다. 아니, 오히려 아내가 반가워서 마당 한쪽에서부터 전속력으로 점프하며 달려드는 상남자의 사랑을 부담스러워하기도 했다.

불쌍한 요거트... 그때부터 목욕을 시키고 털을 빗어주고 산책을 시키고 똥과 오줌을 치우는 모든 일은 내 차지가 되었다. 요거트도 나도 같이 불쌍해졌다. 이런 부당한 노동계약에 대해서 몇 번을 항의하고 개선을 요구했지만 악덕 주인은 꿈쩍도 하지 않았다. 오히려 나도 간혹 봐주고 있잖아, 내가 하려고 했는데 당신이 먼저 해서 못 한 거야 등등의 말도 안 되는 변명을 늘어놓으면서 요거트와 나를 계속 기만하고 있었다.

그러다가 드디어 아내와 담판을 지었다. 딱 한 가지만 해 달라고. 아침에 일어나면 밤새 울타리 안에 있었던 요거트를 마당에 잠시 풀어 놓고 조금 있다가 다시 울타리 안에 들여만 놓아달라고. 그러면 모든 것은 다 내가 하겠다고.

아내가 아주 흔쾌히 하겠다고 한다. 나는 그렇게 말할 때부터 의심을 했어야 했다. 그렇게 쉽게 조건을 수락할 악덕 주인이 아닌데 이상하게 그날은 아주 쉽게 그렇게 하겠다고 했다. 언제나 그렇듯 며칠을 성실히 약속을 이행하는가 싶더니 바로 계약을 위반하기 시작했다. 아침 일찍 카페에 나가 무인카페를 오픈하고 집에 와서 차를 주차시키니 요거트가 나를 보며 낑낑거리며 난리가 났다. 밤새 오줌도 마렵고 똥도 누어야 하는데 악덕 주인은 태연히 자신이 좋아하는 라테 한잔과 더불어 다섯 종류의 신문을 거실 탁자에 놓고 폼나게 읽고 있다.

요거트는 자신한테 아무 관심이 없는 아내보다는 나를 보며 꼬리를 치고 있다. 그러면서 마치 이렇게 말하고 있는 거 같았다.

"저 사람은 나한테 관심이 없어요. 당신이 날 꺼내 주세요. 저 사람은 나빠요."

아니나 다를까 울타리 문을 열어주니 요거트가 힘차게 뛰어나왔다. 밤새 갇혀 있었던 몸을 스트레칭하고 마음껏 잔디 냄새도 맡고 활기차게 이곳저곳을 뛰어다녔다. 한참을 그 모습을 지켜보다가 요거트를 불렀다. 그랬더니 달려와서 가만히 내 품에 안긴다.

"요거트야, 저 주인이 나쁜 사람은 아니야. 단지 이 일보다 신문

읽고 라테 커피 한잔하는 것을 더 좋아할 뿐. 그것만 빼고 정말
좋은 사람이야."

요거트가 가만히 나를 보며 고개를 갸우뚱거린다. 그러곤 다시
힘차게 마당을 뛰어다닌다.

Ⅱ. 벌점표

소리 지르기, 무한벌점

아무리 청소를 잘해주어도, 또 설거지를 수없이 해도, 빨래도 하고 요거트 산책도 시켜 주어도 그 모든 것을 다시 처음으로, 원점으로 되돌릴 수 있는 무한의 벌점, 바로 소리 지르기이다. 아내는 이것을 정말 싫어한다. 어떤 백신도 소용없고 무조건 돌파 감염이다. 큰 소리 한 번이면 여태 차곡차곡 쌓아왔던 점수는 바로 빵점으로 바뀐다. 다소 억울한 면이 있지만 이해는 된다. 소리 지르는 것을 좋아하는 사람은 없다.

또 큰소리는 기본적으로 억압의 상징이다. 그냥 힘으로 꾹~ 눌러 보겠다는 심산이다. 단순하게 접근하기 때문에 필연적으로 무식으로 이어질 가망성이 많다. 하지만 유혹은 늘 있다. 논리가 없어도, 지식이 없어도, 설득하려 애쓰지 않아도 한방으로 해결이 된다. 그래서 옛말에 목소리 큰 놈이 이긴다고들 했다.

살아온 내내, 주변의 싸움을 심심찮게 구경하면서 '그래, 싸울 땐 목소리 크게 내야지.' 하는 생각을 할 때도 있다. 또 마음속으로는 경멸하면서도 자연스러운 학습을 통해 무의식에서 올라올 때도 있다. 나도 그랬다. 전형적인 가부장 집안에, 다혈질인 아버님은 목소리가 컸고 화를 잘 냈다. 아버님은 아버님대로 억울하다고 했고 어머님은 어머님대로 당신이 너무 부당하다고 했다. 그렇게 자식들 앞에서 팽팽하게 맞서다가 코너에 몰리면 아버님은 매번 비장의 카드를 꺼냈다.

버~럭! 소리를 지르는 것이다. 그러면 이상하게 싸움은 어이없게 끝이 났다. 아버님의 일방적인 승리였다. 하지만 그땐 몰랐었다. 자식들 앞에서 더 큰 싸움을 막고자 모든 것을 참아내신 어머님의 가슴 아픈 상처와 희생의 결과였음을.

자식들 교육에 문외한이었던 우리 부모님은 그렇게 자녀들을 키우셨다. 어떻게 보면 우리시대 보통의 가정 모습들이 그랬는지도 모르겠다. 물론 그렇지 않은 가정과 환경들도 있었겠지만 그땐 그렇게 교육보다는 하루하루 살기 바쁜 시대였다. 이렇게 살면서 좋은 모습을 별로 배우지 못한 나도 화가 날 땐 버럭 화를 내는 스타일이었다. 아내는 그런 모습을 보면 이해할 수도, 이해하고 싶어 하지도 않았다.

알알이 맺힌 상처는 그녀의 가슴에 응어리가 되었다. 우리 어머님이 그랬듯 아내 또한 큰 소리가 나면 모든 논쟁을 그만두었다. 그 당시 싸움은 그렇게 싱겁게 끝난 듯 보였지만 그것은 어디까지나 소리 지른 사람의 편에서 그런 것이었다.

싸움의 상대였던 아내의 마음속에는 긴 시간, 치유되지 못한 상처로 끝없이 이어졌다. 또 언제든, 어떤 계기로든 되살아나서 현실에서 처절하게 싸움을 이어갈 수 있는 위험이 되기도 했다. 하지만 늘 그렇듯 가해자는 쉽게 그 사실을 잊어버린다. 또 긴 시간이 흐르면서 아내 역시 예전의 상처 또한 자연스럽게 아물면서 잊힌 듯 했다. 사실 이것도 전혀 그렇지 않았는데 나 혼자 그렇게 착각한 것이었다.

아무 생각 없이 살다가 서울에서 하던 일 쫄딱 망하고 그때가 돼서야 정신이 번쩍 들었다. 동기부여는 확실히 되었다. 정말 망했으니까! 그렇게 서울에서의 모든 것을 접고 이젠 새 나라의 새 어린이가 되어 제주로 이주해서 낯선 곳에서 정착하기 위해 고군분투하던 어느 날, 문득 아내의 마음속에 있는 상처를 보게 되었다. 정말 우연이었다.

휴일 낮 시간, 정신없이 자고 있는 아내의 모습에서 오랜 시간 적절한 치료 없이 방치되어 깊은 흉터가 되어 버린 모습을 말이다. 충격이라는 표현은 만족스럽지 못하고 마음속 무언가가 울컥 밀려왔다. 왜 그전까지는 발견하지 못했을까? 흉터가 꽤 커서 보려고 했으면 쉽게 볼 수 있었던 것을 왜 지금에 와서야 겨우 보게 되었을까?

문득 예전 생각이 퍼뜩 떠올랐다. 한창 서울에서 장사할 때, 새벽부터 단골손님들한테 시달리고 치열한 경쟁으로 인한 스트레스에, 하기 싫은 장사에, 오후 늦게부터 마시기 시작한 술자리가 밤늦게까지 이어졌다. 간신히 정신 차리고 비틀비틀 집에 들어가면 아내는 자다 일어나서 나를 맞이했다. 그러다가 사소한 언쟁에 결국 버럭 화를 내면 아내는 조용히 문을 닫고 방 안으로 들어갔다. 상처는 그 작은 방안에서 아내의 눈물과 함께 커다란 흉터가 되어 지금까지 남아있었다.

예전에 난, 부모님의 전폭적인 지원으로 학교를 졸업하자마자 돈 한 푼 안 벌고 직장도 잡지 않고 결혼을 했다. 그때에는 스스로 다 큰 어른이라고 생각했지만 사실 철딱서니 없는 어린아이에 불과했다. 반면 아내는 공무원을 거쳐 은행에 다니고 있었다. 난 당시 잠깐 취업을 했다가 2주 만에 사표를 쓰고 그냥 집에 와버렸다. 물론 나름 직장 내 부당함에 대한 저항이긴 했지만 사실 그건 결혼한 지 얼마 되지 않은 가장이 성숙하게 내릴 수 있는 결정은 아니었다.

하지만 그런 나를 보고도 아내는 한마디 잔소리도 하지 않았다. 그렇게 몇 개월 허송세월 집에서 보내다가 아버님 밑에서 야채 장사 일을 배웠다. 그런데 그 일을 몇 년간 잘하는가 싶더니 슬럼프니, 재미가 없느니 하고 있던 것이었다.

자세히 살펴보면 아내의 마음속 깊은 상처는 직장 문제를 떠나 기본적인 인간 소양의 문제였다. 쉽게 말해 나라는 사람은 인간이 안 되었다는 것이다. 뭐든지 자기 위주로 생각하고 자기 행복만이 중요하며 평생을 함께 할 아내에 대한 기본적인 배려가 너무 부족했다. 벌써 10년이 넘은 지난날의 기억이긴 하지만 글을 쓰는 내내 부끄럽기만 하다. 하지만 후회와 뉘우침의 바탕은 현재의 인식을 기본으로 해야 한다. 지금과는 아무런 상관없는 과거의 어느 시점의 문제가 아니다. 지금도 여전히 이기적인 나의 모습을 보고 있다. 아직도 철딱서니 없는 어린아이가 내 안에 있다. 또한 잘 조절되지 않는, 불쑥불쑥 올라오는 감정도 느낄 때가 있다. 이것은 언제든 또 다른 위협이 되어 아내의 마음에 상처를 줄 수 있다. 늘 그것을 인식하며 조심스럽게 아내를 대해야 한다.

방금도 오전에 아내는 신문을 읽다가 바로 옆집에 커피 한잔하러 간다고 아메리카노를 뽑고 있었다. 몇 달 전에 우리 부부를 위해 아시는 분이 무료로 주신 커피머신이었다. 이 커피머신은 마실 때마다 기계 안에 내장된 물탱크에 물이 있는지를 먼저 확인해야 하는데 만일 깜빡하면 작동하다가 물 부족으로 인해 오작동 에러 메시지가 뜬다.

아내는 간혹 그것을 잊고 작동시킬 때가 있었다. 그러면 나는 핀잔을 준다. 아내는 그것을 마음에 두고 있었다. 갑자기 작동 버튼을 누르다가 황급히 물탱크를 확인해 본다. 미리 확인을 했어야 했는데 그러지 못한 것이다. 하지만 오늘은 내가 아침에 미리 확인해 둔 후였다. 그렇게 커피 한잔을 뽑아 현관문을 나서는 아내한테 배웅하면서 이런 말을 했다. 태연히 웃으면서...

"앞으로 물탱크는 내가 확인할게."

그랬더니 아내 역시 웃으면서 한마디 한다.

"그래, 앞으로도 쭉~ 그렇게 살도록!

기계가 중요해? 아내가 중요해?"

그냥 들어주라니까!

"오늘은 너무 말 많이 하지 말고 그냥 많이 들어만 줘."

전화를 받고 약속 장소로 나가는 나를 보며 아내가 다시금 불러 세운다. 현관문 앞에서 등교하는 아이를 두고 엄마가 옷깃을 만지면서 "길 건널 때 항상 차 조심하고!" 하면서 마지막으로 주의를 주는 것 같다. 그래, 아내는 정말 다시 한번 당부하고 있다.

이유는 이것이었다. 이곳 제주에서 알게 된 지인분이 최근에 안 좋은 일을 당하셨다. 중간에 걱정도 되고 진행 상황도 궁금하기는 했지만 따로 연락은 드릴 수 없었다. 경황도 없는데 나까지 전화를 걸어 그분의 마음을 복잡하게 만들고 싶지 않았다. 그렇게 몇 주가 흘러서 어느 정도 상황이 정리되면서 그분한테 연락이 왔다. 오랜만에 만나자고 하신다. 반갑게 나가는 나를 보며 아내가 말한다. "몇 주간 마음이 많이 힘드셨잖아. 어쭙잖은 훈수 둘 생각하지 말고 그냥 많이 들어만 줘."

마누라 자랑은 팔불출이나 한다고 하지만 하긴 해야겠다. 아내는 참 지혜로운 사람이다. 어리석기만 했던 서울의 삶을 정리하고 이곳 제주에서 12년째 살아가면서 더욱 더 아내의 진가를 느낄 때가 많다. 그런 아내를 보며 "당신은 참 지혜로운 것 같아."라고 말하면 아내는 거침없이 말한다. "당신이 너무 모자란 것이지 내가 지혜로운 것이 아니야."라고 말이다. 이상하게 그렇게 말하는 아내가 더욱 사랑스럽기만 하다. 독특한 아내의 매력이다.

그리고 아내와 20년 넘게 살아오고 있지만 아내를 싫어하는 사람은 거의 보지 못했다. 사람 엄청 까다롭게 보시는 우리 어머님도 아내는 참 좋아했다. 이 또한 아내의 주특기다. 까다로운 사람일수록 아내를 좋아한다. 싫어도 싫은 내색을, 좋아도 그렇게 좋아하는 내색을 하지 않는 묵묵한 사람이었다. 그러면서 심성은 착해서 남의 말은 잘 들어준다.

육지에 나가 대학생활을 하고 있는 딸아이도 아내한테 매일 전화를 한다. 어떤 부모님들은 자녀들이 성인이 되어서는 전화 한 통 안 한다고 섭섭하다는 분도 계신데 우리 집은 정반대다. 매일같이 딸아이는 전화를 한다. 남자친구 이야기부터 연애상담, 친구상담, 기숙사생활상담 하물며 학교 리포트 쓰는 것까지 아내와 상의를 한다. 아무리 늦은 시간에 전화가 와도 아내는 친절히 받고 성심성의껏 들어준다. 그리고 늘 엄마는 너의 선택을 믿는다는 말로 매듭을 짓는다.

남의 말을 잘 들어주고, 묵묵한 아내도 나한테는 속마음을 털어놓을 때가 많다. 부부간에 당연한 일이다. 그리고 평상시 책을 많이 읽는 아내는 책의 내용을 가지고도 나한테 말을 걸어온다. 이번 주 자신의 마음을 감동시켰던 이야기라든지, 신문을 보면서 이슈화된 것들, 그리고 앞으로 자신이 하고 싶은 일들, 계획들을 주저 없이 이야기한다. 계속해서 말을 하고 말을 걸어온다.

"아휴~ 그냥 들어주라니까!"

난 아내처럼 지혜로운 사람은 되지 못해서 잘 들어주지를 못한다. 특히 아내와 대화할 때는 더욱 그렇다. 조급하게 내 생각을 말한다. 그러다 보니 아내의 말을 끊기가 일쑤다. 또 논리적으로 반박하기도 한다. 그건 앞에서 말한 것과 반대라서 앞, 뒤가 맞지 않는다고 지적한다. 이러다 보니 아내는 이야기하다가 갑자기 마음이 상해 토라져 있다. 그냥, 그냥 내 말을 들어주면 안 되는 것이냐고 감정적으로 호소한다.

　아내는 자신이 관심 있었던, 그리고 마음에 담아 두었던 것을 그저 나한테 이야기하고 싶었을 뿐이었다. 그런 아내의 소중한 시간에 내 말을 함으로써 새치기하듯 그 시간을 가로채고 있다. 갑자기 아내의 말에 정신이 번쩍 든다.

> 당신은 누군가가 당신을 보아 주고 들어 주길 원하는 것이다. 당신의 진실이 인정받고 존중받길 원하는 것이다. 당신의 문제가 영혼 깊이 걸쳐 있다면, 오로지 당신의 영혼만이 뭘 해야 할지 알고 있다. 내 주제넘은 조언은 당신의 영혼을 숲속으로 내몰 뿐이다. 고로 당신이 내게 문제에 대해 말할 때 내가 제공할 수 있는 가장 좋은 서비스는, 당신의 내면 스승의 말을 들을 수 있는 공간 안에 당신을 붙들어 두는 것이다.
> [다시 집으로 가는 길. 파커 J. 파머. 한언. 196~197쪽. 2014.]

아내는 나한테 정확히 그렇다고는 말하지 않았지만 감정적으로 세분화된 점수표를 나름대로 가지고 있다. 이건 내가 이곳 제주에서 12년간 아내를 관찰하면서 얻은 나름의 소중한 레시피와 같다. 이번과 같이 아내의 말을 잘 들어주지 못하는 것은 감점 대상이다. 하지만 바로 앞장의 '소리 지르기'처럼 그냥 바로 빵점은 되지 않는다.

소리 지르기는 그 어떤 경우에도 아내의 음식에 첨가해서는 안 될 요주의 향신료다. 또 본인의 마음을 흡족하게 만든 어떤 부분에 대해서는 플러스 점수도 있다. 이렇듯 적절한 조미료도 첨가해야 아내의 마음에 드는 최고의 음식이 나온다.

아내는 이곳 제주에서 늘 부족한 나의 듣기훈련을 지적했다. 다름 아닌 말 많은 남편 걱정 때문이었다. 제주 이주 초기에는 먼저 정착한 우리 가정을 보고 나에게 전화를 걸어 약속을 잡고 만나기를 원했던 사람이 많았다. 때론 함께 나가는 자리에서 아내는, 내가 좀 말이 많다 싶으면 의자 밑에서 내 다리를 슬쩍 치곤했다. 그만 말하고 상대방의 이야기를 들어주라는 것이었다.

그럴 때마다 순간 놀라곤 했다. 내가 잠깐 나에 빠져서 말이 많았구나, 라는 것을 자각했기 때문이었다. 지금도 부족하긴 해도 조금씩 이 못된 습관을 고치고 있다. 그런데 아직도 아내 앞에서는 잘 안 된다. 누가 아내와 이야기할 때, 의자 밑에서 내 다리를 슬쩍 쳐 주었으면 좋으련만!

아내의 조언을 듣고 나간 자리에서 그간 힘든 시간을 보낸 그분은 마음속에 있는 모든 것들을 쏟아내셨다. 가만히 듣고 있기만 해도 감정 하나하나, 어려웠던 순간 하나하나가 내 마음에 그대로 전해졌다. 그러면서 서서히 시간이 지남에 따라 그분의 마음 또한 차분히 진정되는 것을 느꼈다.

그 모습을 보며 내 마음도 같이 안정되었다. 그분은 앞으로의 상황에 대해서도 계획을 갖고 계셨고 그것 또한 차분하게 나에게 설명하셨다. 그래, 이 상황에서 내가 할 수 있는 가장 좋은 것은 파커의 말처럼 침묵 속에서 가만히 상대방을 응시하면서 집중해서 들어주는 것뿐이다. 물론 아내에게도 말이다. 그런데 매번 아내한테 이 점수 따는 게 얼마나 힘든지 모르겠다.

혼자 길 건너기

그 순간 본능적으로 길을 건넜다. 저녁식사 후, 아내와 집 근처 해안도로 산책을 끝내고 주차장에 있는 차를 향해 가는 순간, 도로 양방향에서 서서히 달려오는 차를 보며 '이 정도 속도면 충분히 건널 수 있겠네.'라는 판단에 길을 건넌 것뿐이었다. 하지만 곧 쓰나미와 같은 후폭풍이 밀려올 징후가 보이고 있었다. 시력이 나쁨에도 불구하고 운전할 때 외에는 안경을 쓰지 않는 내 눈에도 반대편 도로에 혼자 남아있는 아내의 일그러진 표정은 선명하게 눈에 띄었다.

"사랑한다 말하면 뭐해! 이렇게 혼자 길 건너는데!"

흑, 이럴 수가. 역시나 아내는 완벽하게 안전해진 후에야 길을 건너 반대편에서 기다리고 있는 나를 향해 툴툴거리며 다가왔다. 그러면서 나를 보자마자 한마디 한 것이었다. 간단하게 말하면 내가 말만 그럴싸하게 하지 진정성이 하나도 없다는 것이다.

하긴 위험한 상황에 아내도 챙기지 않고 자기 혼자만 훌쩍 길을 건너는 것을 보면 충분히 그렇게 생각할 수 있다. 당황한 나도 내 나름대로 핑계 아닌 핑계를 대기에 바쁘다. "아니~ 당신도 길을 건널 줄 알았지..." 하지만 그런 말 같지 않은 변명은 이 상황에 씨알도 안 먹힌다.

예전에 그런 방송이 있었다. 지금은 고인이 된 신바람, 황수관 박사님은 늘 재미있는 말과 표정으로 시청자들을 웃기곤 했다. 특히 우리 어머님은 누구보다 황수관 박사님을 좋아하셨다. 그분이 하신 말씀 중에서 이번 일을 겪으며 기억나는 에피소드가 하나 있었다.

그분은 일본에서 태어났고 당시 큰누나가 4살, 둘째 누나가 2살, 자신은 갓난아이였다고 했다. 한창 2차 세계대전 중에 비행기에서 폭격한 포탄이 집 근처에 떨어졌는데 순간적으로 아버님은 혼자 집에서 뛰쳐나가셨고 10미터쯤 뛰어 달아나다가 돌아보며 어머님을 향해 "빨리 따라와!" 했다는 것이다. 그런데 어머님은 한 발짝도 달아나지 않고 세 자녀들을 품에 안고 그 자리에서 가만히 엎드려 있었다는 이야기였다. 그것을 너무 재미있게 말하면서 시청자들의 웃음을 자아내고 있었다.

하지만 그 웃음은 사실 웃음이 아니었다. 자기 목숨이 중요해서 본능적으로 혼자 도망간 아버지와 자신보다 자식들의 목숨을 중시해서 그 자리에서 아이들을 품에 안고 가만히 엎드린 어머니. 아내는 지금 그 말을 하고 있는 중이다.

결정적 순간이 오면 자기도 모르게 내면 그 자체의 아무런 꾸밈이 없는 모습이 나온다. 이건 뭐 시켜서 되는 것도 아니고 하기 싫다고 안 하는 것도 아니다. 그냥 자연스럽게 나온다. 그러기에 이런 행동을 한 후에는 얼굴이 뜨거워진다. 자기 자신의 수준을 그대로 직면하게 되기 때문이다.

한번 싫어하는 것을 알고 잔소리를 들었으면 하지 말아야 하는데 시간이 흐르고 흐르면 다시 잊어버린다. 길을 건널 때 또, 혼자 휙~ 하니 건너는 것이다. 감점! 감점! 또 감점이다. 어떤 때에는 기가 찬 듯 혼자 터벅터벅 길을 건너오면서 반대편에서 미안한 듯 서 있는 나를 보며 아내가 한마디 했다.

"그래도 예전 서울에 있었을 때보다는 많이 좋아졌어. 옛날에는 자기 혼자 불쑥 건너더니 왜 빨리 따라오지 않았느냐고 화를 낸 적도 있었잖아"

이 정도면 거의 자폭 수준이다. 그런데 정말 그랬다. 서울에 있을 때는 횡단보도 초록색 불이 깜빡이고 있을 때도 혼자 급하게 횡단보도를 건넜다. 그렇게 무사히 반대편으로 건너보니 옆에 있어야 할 아내가 없었다. 어쩔 수 없이 다시 파란색 신호등 불이 들어올 때까지 아내를 기다리고 있는데 화가 치밀어 올라왔다.

'아니, 이 사람은 옆에서 내가 뛰면 바로 뛰어야지 뭔 정신으로 있다가 나를 이렇게 기다리게 만드는 거야.'

그제서야 다시 바뀐 신호를 따라 천천히 횡단보도를 걸어오고 있는 아내한테 짜증을 냈다. 그런 사람이 이제는 제주에 와서 조금은 변했다는 말을 듣는다. 심지어 아내에게 미안해하고 있다. 이 모습을 보고 그래도 이만큼이나마 변한 것이 어디냐 하면서 기뻐해야 하는지, 정말 사람은 안 변하는구나 하면서 절망해야 하는지 판단이 안 선다.

물론 늘 그런 것은 아니다. 요즘은 거의 그렇게 하지는 않는다. 하지만 지금도 간혹 깜빡 잊고 혼자 건널 때가 있다. 이번에 발생한(?) 산책 사건 또한 그랬다. 그냥 별다른 생각 없이, 무의식적으로 혼자 건넌 것이었다. 그러나 이 부분에 있어서 지금부터라도 좀 더 신중하게 생각해야 한다.

이유는 간단하다. 이런 것을 아내가 무척 싫어하기 때문이다. 그것이 중요하든, 중요하지 않던 모든 것을 떠나, 아내는 이미 이것에 대해 나름의 판단과 상처가 있다. 이미 마음속으로 다 결정되어 있다. 남편이 길을 혼자 건넌다면 그것은 나쁜 행동이라고 자동적으로 생각하고 있는 것이다. 그것이 무심코 내가 한 것이든, 의도가 있든 없든 그것은 중요하지 않다. 아내의 생각이 중요한 것이다. 난 그 점에 집중해야 한다.

언제나 그렇듯 상대방을 이해하고 배려한다는 것은, 그 사람을 사랑한다는 것은 그 상대방이 좋아하는 일을 하는 것도 중요하지만 싫어하는 일을 하지 않는 것이 더욱 중요할 수 있다.

그것이 상대방 입장에서 나를 존중하고 사랑하고 있다는 것을 더 잘 느끼게 한다. 이런 의미에서 아내가 길을 건널 때, 자신을 혼자 내버려 두고 건너지 말라고 했으면 난 마음속으로 깊이 새겨서 다시는 그러지 않도록 노력을 해야 한다. 이것이 아내가 말한 핵심이었다.

시험지는 매번 내 앞으로 온다. 우리 부부는 같이 붙어 있는 시간이 많고 일처리도 같이하는 경우가 많다. 오늘도 그랬다. 얼마 전부터 은행에서 대출만기 날짜가 다가오고 있으니 그 전에 미리 서류를 준비해서 만기 연장하라는 안내문이 왔다. 이상하게 매번 은행에 갈 때는 이런저런 생각이 많다. 우리 부부는 모처럼 애월에서 제주 시내에 있는 은행으로 향했다. 그리고 도착해서 인근 공터에 겨우 비집고 들어가 차를 주차시키고 은행 쪽으로 걸어가고 있었다.

하지만 이럴 때 특히 조심해야 한다! 생각이 많아지고 복잡해지면 아내를 놓칠 때가 많다. 어떻게 처리할까? 잘 될까? 다음엔 어떻게 하지? 등등 여러 가지 걱정과 생각 속에 아내는 마음속에서 사라진다. 그래서 더욱 경계를 해야 한다. 어떠한 경우에도 아내를 놓치지 않겠다고. 중간중간 교묘하게 파 놓은 함정에 빠지지 않겠다고. 그런데 아니나 다를까 그 순간 갑자기 내 앞에서 횡단보도 불이 켜졌다. 아쭈~ 이 녀석이... 내가 그럴 줄 알았다! 조금도 당황하지 않고 태연하게 아내한테 말을 했다.

"우리 같이 뛸까? 아니면 다음 신호에 걸을까?"

아내가 말한다.

"건너자!"

그렇게 아내의 손을 꼭 잡고 뛰는 나의 모습에 모처럼 그녀가 크게 웃었다.

걱정, 걱정, 걱정

사실 걱정은 원래 우리 어머님의 단골 메뉴였다. 정말 어머님은 우리 딸아이 말처럼 걱정, 걱정 할머니였다. 그분의 일상은 자나 깨나 걱정으로 시작하고 그 걱정으로 하루를 마감하셨다.

그런데 그런 어머님과 가장 소통이 잘 된 것은 막내아들이었던 나였다. 어머님은 늘 나를 걱정하셨다. 먼 옛날, 어머님은 소통은 하나도 되지 않고 수세에 몰리면 버럭 화만 내셨던 아버님을 피해 도망가고자 보따리를 싸셨다고 했다. 그러다가 어린 내가 생각나서 눈물을 삼키며 싸던 보따리를 풀어 놓은 일이 여러 번이었다.

내가 초등학교 시절, 큰 병원에서 암 수술을 하셨던 어머님은 그때에도 가장 나이가 어렸던 막내아들을 걱정하셨다. 지금도 기억이 난다. 어머님이 환자복을 입으시고 병실에 누워 있는 모습을 말이다. 그런 어머님을 보고 내가 내뱉은 첫 마디는 "100원만 달라."는 말이었다. 어머님은 이런 철없는 나를 보고 죽을 수 없다고 생각하셔서 이를 악물고 병마와 싸워 결국 이겨내셨다.

그분은 이렇게 평생을 조심스럽게 나를 키우셨다. 형이 어릴 적부터 배웠던 격한 태권도는 아예 시키지도 않았다. 군대에 다녀와서 운전면허를 딴다고 했을 때도 태산 같은 걱정을 했다. 아버님 밑에서 장사를 배울 때도 그랬다. 장사하면 1톤 트럭은 운전해야 했기에 장롱 속 면허를 가진 나로서는 불가능했다. 그때 잔뜩 겁만 먹고 돌아온 나를 보고 운전기사 쓰면 되니까 넌 운전대는 아예 잡지도 말라고 하실 정도였다.

이런 과잉보호 속에서 결혼을 하고 보니 형광등 하나 제대로 갈지 못했다. 그런 내가 마흔 살에 서울에서 하고 있던 모든 일을 접고 제주로 가서 살겠다고 하니 어머님은 걱정으로 제정신이 아니셨다. 살아도 서울에서 살아야지 거기에 뭐 주워 먹을 게 있다고 그놈의 섬에 들어가냐며 내 손을 잡고 절규하셨다.

어머님은 누구보다도 나에게 사랑을 많이 주셨지만 안타깝게도 걱정의 유전자도 고스란히 물려 주셨다. 이건 필연이고 숙명 같은 것이었다. 늘 부모님과 형제들의 도움을 받아 자라왔던 내가 낯선 땅 제주로 이주를 하니 눈앞에 보이는 것은 울창한 나무로 빽빽이 들어찬 정글 같은 세계였다. 여기서 마주친 모든 사람들은 언제든 나를 잡아먹을 수 있는 원주민처럼 보였고 커다란 나무 뒤로 갑자기 튀어나올 사자와 풀숲에서 슬금슬금 기어 다닐 뱀과 독충을 생각하면 정신을 차릴 수 없었다. 이렇게 아직 내 앞에서 일어나지도 않을 일과 변수를 가지고 미리 걱정을 했다.

아내도 미칠 노릇이었다. 낯선 곳에서, 여자인 자신도 무섭고 이럴 때에는 남편이라는 사람이 듬직하게 자신을 보호해 주어야 하는데 오히려 자기가 더 걱정하며 무서워하고 있으니 자신만이라도 정신을 차려야 했다. 그래서 걱정이 돼도 남편 앞에선 걱정을 할 수 없었다. 아내에게 있어 또 하나의 '걱정, 걱정 남편'이었다.

그런데 부부라는 것이 참 신기하고 그나마 다행스러운 것이 무언가 상호보완적인 점이 있다는 것이다. 우린 이런 아우성 같은 상황에서도 나름대로 우리에게 직면한 문제들을 하나하나 풀어나가기 시작했다. 즉, 서로를 잘 활용하기 시작한 것이다.

아내는 보통의 여자들에 비해 대범하고 거침이 없는 듯 보였지만 세심하고 정교하지는 못하다. 또 새로운 아이디어를 내는 데에는 탁월했지만 끝까지 집요하게 추적해서 완성해 간 것은 결국 나였다. 그에 반에 나는 늘 걱정거리를 한가득 안고 살았지만 무엇을 준비하고 대비하는데 있어서는 그 어떤 사람보다도 뛰어났다. 우린 어느덧 이곳 제주에서 서로를 의지하며 살아나갈 최적의 파트너가 되어 가고 있었다.

이번 가을에도 그랬다. 며칠 전부터 매스컴이나 언론에서는 난리 아닌 난리였다. 태풍이 이곳 제주를 향해 직통으로 올라오고 있다는 것이었고 그러면서 이 태풍은 역대급 규모라서 피해가 상당할 것이라는 예상을 쏟아내고 있었다. 제주에서 10년 넘게 살아오고 수많은 태풍을 경험했지만 매번 태풍이 올라올 때쯤은 긴장할 수밖에 없다. 이쯤 되면 슬슬 나의 걱정이 도지기 시작할 때다. 나는 천천히 태풍을 분석하기 시작했다. 내 노트북에는 그간의 모든 태풍에 대한 세세한 기록이 있다. 바람의 세기, 방향,

중심기압, 위험반경 등등 참고할 사항들이 적혀 있다.

보통 태풍이 오면 나는 두 개의 건물을 살펴야 한다. 하나는 집이고 또 다른 하나는 무인카페가 있는 바닷가 바로 앞 건물이다. 언제나 집보다는 바닷가 앞에 있는 건물이 더 걱정되었다. 그리고 태풍처럼 강하게 비바람이 치면 1층 카페 출입문 밑으로 물이 새니 더욱 걱정을 할 수밖에 없었다. 그래서 몇 년 전부터는 모래주머니도 사서 보완하기도 했다. 또 건물 곳곳을 살펴보며 실리콘도 새로 바르고 지붕도 수차례 올라가서 체크도 한다. 아내는 이런 남편의 모든 모습을 그냥 가만히 지켜만 보고 있다.

"지난번에 태풍이 한창 지나갈 때 외벽 타일 몇 개 날아갔잖아. 이번엔 괜찮을까? 또 날아가면 어쩌지?" 노트북을 켜놓고 수업을 준비하는 아내는 내 말에 별다른 반응을 보이진 않는다. 그냥 아무 말 없이 하던 일을 계속하고 있다.

나는 걱정이 되어 이번 태풍에 타일이 다시 떨어지면 외벽공사를 해야 하는 건지, 그렇다면 비용은 얼마가 될지, 자금은 어떻게 조달할지 등을 연이어 스스로에게 질문하고 있다. 그리고 걱정스러운 마음에 인터넷에서 해당 자료검색을 하고 있다. 이런 모습을 보고 조용히 아내가 한마디 한다.

"그만! ~ 거기까지~!"

아내의 경고 메시지다. 감점당하기 바로 일보 직전이다. 걱정을 하는 것도 인간이라면 당연히 가질 감정이고 또 그러면서 준비하고 대비하는 것까지는 좋은데 바로 여기까지라는 이야기다. 너무 지나치게 앞서 나가지 말라는 것이다.

나는 아내의 이 말이 들리면 바로 멈춘다. 그건 여태 오랜 시간 이곳 제주에 살면서 생긴 노하우다. 내가 아내의 "그만 ~ 거기까지~!" 라는 말에 반응하는 이유는 그간 내가 했던 걱정들이 실제로는 일어나지 않았던 경험의 결과이기도 하다. 그러니까 일어나지도 않을 일 가지고 걱정을 미리 사서 할 필요는 없다는 아내의 강력한 경고를 받아들인다. 뭐 설사 실제로 일어난다 한들 그건 그때 가서 생각해도 늦지 않는다는 이야기이기도 하고. 난 그렇게 아내의 말 한마디에 이곳 제주에서 조금씩 '걱정, 걱정 남편'으로부터 벗어나고 있다.

천생연분?

아내와 난 같은 교회를 다니면서 또래 친구였다. 그래서 우린 결혼 전에도 서로에 대해 시시콜콜 아는 부분이 꽤 있었다. 이것은 어느 날 소개팅으로 상대방을 만나는 것과는 차원이 다르다. 이미 충분히 서로를 알고 있다는 말이다.

순간 갑자기 떠오른 한 가지 에피소드가 있다. 아내는 자신의 배우자가 될 사람을 위해 1년간 작정 기도를 한 적이 있었다. 그것도 혼자가 아니라 또래 여자 중에 세 명이 의기투합해서 1년이라는 기간을 정해 놓고 기도하기 시작했다.

당시에는 아내에 대해 내가 별다른 마음을 가지고 있지

않았기에 그저 신기하게 생각됐다. 왜냐하면 대부분 친구들이 그렇게까지는 하지 않았기 때문이다. 물론 또래 여자 중에서도 다른 사람에게 알리지 않고 개인적으로 배우자 기도를 한 경우는 있겠지만 이 모임은 교회라는 공적인 공간에서 세 명이 같이 모여 기도한다고 알렸으니 자연스럽게 소문이 났다. 이렇게 한동안 셋이서 열심히 기도하더니 그중에 한 명은 일 년을 채우지 못하고 중도에 그만두었다. 하지만 아내와 또 다른 친구 한 명은 끝까지, 아주 독하게 그 일 년이라는 기한을 채웠다.

그냥 이 시점에서 묘하게 옛날 옛적 단군신화 이야기가 떠올랐다. 호랑이와 곰이 동굴에서(아내와 친구가 기도한 곳이 교회 지하 유치부실이었다) 100일 동안 마늘과 쑥만 먹으면서 지내야 했던 그 이야기. 에피소드 같긴 하지만 참지 못하고 중간에 뛰쳐나갔던 그 친구는 교회 밖에서 남자친구를 만나 결혼을 했고, 끝까지 자리를 지켰던 두 친구는 같은 교회 안에서 남자를 만나 결혼을 했다.

그렇게 일 년 동안 죽기 살기로 마늘과 쑥만 먹고 간신히 동굴을 빠져나와 만난 사람이 바로 나다! 솔직히 난 이 대목에서 자부심을 가져야 했지만 아내 입장에서는 '이건 도대체

뭐지?'라는 의문점이 생기는 부분이기도 했다. 뭔가 특별하고 좋아야 할 것 같았는데 남편이라는 인간은 처음부터 배려는 눈곱만치도 없고 화가 나면 버럭~ 소리를 지르는 스타일이었다.

그러면서 주위를 둘러보면 기도 하나도 하지 않고 만난 친구의 남편들이 더 친절하고 자상해 보이기까지 했다. 정말 그 시절 아내의 배신감은 하늘을 찌를 듯했다. 일 년간 참고 먹었던 마늘과 쑥을 그냥 남편 얼굴에 냅다 집어 던지고만 싶었을 것이다.

언제나 그렇듯 인간은 하나님, 그 분의 깊은 뜻을 잘 모르는 법이다. 시간이 지나야 숨은 뜻을 알게 된다. 세월이 흐르고 흘러, 다시 긴 세월이 흐르고 나서야 비로소 무릎을 탁~ 치며 알게 되는 것들 말이다. 좋은 징조는 이미 조금씩 보이고 있다.

예전에 비해 나는 상당히 많이 개선되었다. 실제로도 많은 노력을 하고 있다. 요즘은 아내에게 최대한으로 친절하게 말하려고 노력하고 있고 그녀 마음속에 하고 싶은 일, 이루고 싶은 꿈들에 대해서도 관심을 가지고 있다. 상당 부분 집안일도 내가 도맡아 한다. 이렇게 해서나마 지난 시절 나의 과오를 조금이나마 씻을 수 있다면 백 번이고 천 번이고 진심을 다하고 싶다. 이런 의미에서 지금 이렇게 아내에 대한 책도 쓰는 것이다. 지금도 여전히 예전의 나와 같이 살아가는 수많은 남편이 이 책을 읽고 너무 늦지 않게 지금부터라도 아내를 소중히 여기며 받들어 모시길 바라면서...

아내의 기도가 그녀 측면에서는 최악이었는지는 모르겠지만, 나에게는 특별한 선물이었다. 결혼하고 몇 년간은 내가 너무 성급하게 결정한 것은 아닌지를 생각했다. 물론 그리 오래 생각한 건 아니었다.

그런데 잘못되었던 서울에서의 모든 삶을 청산하고 제주로 이주를 해서 이곳에 있는 12년간 아주 이상한 일이 벌어졌다. 아내에게서 그전에는 결코 발견하지 못한 묘한 매력을 알게 된 것이다. 생각건대 그것은 지난날의 나의 행동에 대한 후회와 반성, 그리고 그것을 통해 바라본 아내의 새로운 모습들이 한데 뒤엉켜 엄청난 시너지효과를 낸 듯하다.

"웃기고 있네."

책을 쓰면서 아내에 대해 곰곰이 생각하다 보니 어제는 이런 마음이 거의 절정이 되었다. 그래서 아내에게 "우리는 천생연분인 것 같아."라고 말하며 귀엽게 애교 아닌 애교를 떨었다. 그러자 아내는 조금도 망설이지 않고 "웃기고 있네."라고 되받아쳤다.

이 시점에서 내가 남편들에게 말하고 싶은 것은 우리 남자들은 어쩌면 대단한 착각을 하고 있는지 모른다는 것이다. 우리는 남편을 믿고 자신의 인생을 바친 한 여인에게 긴 시간, 지속적으로 행한 우리의 만행을 정직하게 바라봐야 한다.

본인은 '그건 지난날의 실수였어요.', '내 마음은 원래 그런 것이 아니었어요.'라며 어물쩍 구렁이 담 넘어가듯 넘기고 싶겠지만 상대방은 그럴 마음이 전혀 없다. 오히려 어설픈 사과는 그녀들의 마음에 불을 지필뿐이다. 특히 천생연분 운운하는 남편의 뻔뻔스러운 태도는 참을 내야 참을 수가 없다.

절망감은 들 수 있다. 어차피 나쁜 놈인 걸, 이런 노력이 무엇이냐며 포기라는 생각이 들 수 있다. 충분히 공감은 된다. 그간의 남편의 노력도 가상하기는 하다. 여전히 깨닫지 못하고 지금도 만행을 일삼는 수많은 남편이 있다. 그에 비하면 이건

놀라운 발전이다. 하지만 누구나 알다시피 용서는 피해자가 그만
되었다고 인정할 때까지 지속되어야 한다. 가해자 본인이 임의로
판단할 문제는 아니다. 그러나 우린 이것 또한 알아야 한다.
시작이 있으면 끝도 있다. 지성이면 감천이라고 언젠가 하나님,
그분이 아내의 꿈에 나타나서 "너는 내가 그 먼 옛날 너 기도를
듣고 천생연분을 붙여 주었거늘 왜 아직까지 그 사람을 그렇게
박대하는고!" 라고 나무라실 때가 반드시 있지 않을까? 아내가
아무리 강심장인들 본인이 가장 존경하는 그분한테까지 "웃기고
있네."라고 말할 순 없다.

　그렇게 잠이 깨면 내가 예전에 그랬듯, 아내 또한 새로운
마음으로 남편을 보게 될지 모른다. 그러면 묘한 마법이 생긴다.
남편은 아무것도 모른 체 오늘도 헤드가 망가진 진공청소기로
열심히 거실을 청소하고 있다. 아내의 눈앞에 정말 천생연분이
나타난 것이다!

III. 인간 개조

먼 옛날 아내에 의한 대망의 인간 개조는 그렇게 시작되었다. 평생을 부모님과 형, 누나의 보살핌 속에서 어리광만 부리고 살았던, 겁 많고 소심한 남편의 뇌를 철저하게 분해하고 재조립해야 했다. 그 과정 중에 기존의 느려 터진 것은 최신 반도체로 교체하고 자신의 명령에 재깍재깍 반응할 수 있는 것으로 말이다. 이것은 그녀의 시대적 사명이었다.

기회는 아주 좋았다. 서울과 아주 멀리 떨어져 있는 이곳 제주에서, 그 누구의 간섭도 없이 느긋하게 남편만 잘 고치면 된다. 이렇게 '제주 이주'와 맞물려 인간 개조 프로젝트는 일사천리로 진행되었다.

그중에 가장 중점으로 둔 것은 어머님의 성격을 그대로 물려받은 남편의 유전자를 대폭 교체, 수정하는 것이었다. 건축으로 비유한다면 부분적 리모델링의 범주를 벗어나 그냥 모든 것을 다 헐어버리고 집을 새로 짓는 정도였다.

어머님은 어릴 적부터 지금까지 조금이라도 위험해 보이는 일은 시키지 않았다. 당연히 그분의 인생에 '모험'이라는 단어는 있을 수 없었다. 그런 짓은 이 세상에서 가장 어리석은 사람이 하는 것이었다. 눈앞에 당장 위험이 보이고 불확실한 것은 바로 포기시키셨다. 그렇게 아들을 키우셨다.

반면 아내는 그런 사람이 아니었다. 좀 멀리 내다볼 수 있는 사람이었다. 그저 하루하루 살아가는 것이 아니라 거창하진 않더라도 인생의 목표도 두고 하나하나 준비하고 만들어 가길 원했다. 제주 이주의 문제만 놓고 봐도 어머님과 아내는 극명하게 달랐다. 아무리 해 오던 장사가 기울어도 여전히 그 가게에는 일정 부분 수익이 발생되고 있었다. 그런데 어떤 것도 보장이 되지 않은 제주라는 섬으로 이사를 간다? 그건 이미 그 자체가 말이 안 되는 것이었다. 또 거긴 낯설고 위험이 가득 찬 곳이었다.

하지만 아내는 정반대로 생각했다. 남편이 '제주로 갈까?'라는 마음을 먹기 시작하자마자 그녀는 예민하고 적극적으로 반응했다. 물론 아내 또한 현재 안전하며 시댁의 모든 원조가 주어지는 서울을 떠난다는 것이 위험하다는 것쯤은 알고 있었다.

그러나 당장 눈에 보이고 쉽게 얻을 수 있지만 서서히 떨어지고 있는, 그리고 언젠가 끝이 보이는 먹잇감은 아내에게 그다지 매력적으로 보이진 않았다. 또 새로운 곳에서 변화된 마음으로 살아가길 원하는 남편과 그 뜻은 그녀에게 있어서 이 모든 위험을 무릅쓰고 도전해 볼 만한 충분히 가치 있는 일로 여겨졌다. 그건 어리석은 사람이나 하는 짓이 아니었다.

아내는 그때부터 단호해지기 시작했다. 시댁의 부모님과 형제들의 반대는 그녀에게 큰 걸림돌이 되지 못했다. 오히려 흔들리기 시작하는 남편을 꼭 붙잡아 두기 시작했다. 그것은 이전까지 아무런 반항 없이 시댁에 순종만 하던 아내에게서는 볼 수 없었던 모습이었다. 그녀에게는 앞서 말했듯이 이 모든 것을 넘어서는 '인간 개조'의 시대적 사명이 있었기 때문이었다. 제주는 그런 그녀에게 최적의 장소였다.

원래 제주 이주에 대한 아이디어는 온전히 내 생각이었다. 나는 서울을 떠나 평상시 동경했던 제주로 가서 새롭게 살기를 원했다. 하지만 그때 내 모습은 위태롭게 펼쳐져 있는 외줄을 앞에 두고 심각하게 주저하는 가장의 모습 그 자체였다. 현재 안전한 발판 위에 서 있는 나와 아내, 그리고 딸아이. 눈앞에 보이는 저 외줄을 건너기만 하면 반대편에는 내가 그토록 가고 싶어 했던 제주라는 목적지가 있었다. 한참을 주저하다가 용기 있게 오른쪽 발을 뻗어 외줄에 올려놓기만 했는데 다리가 후들후들 떨려왔다. 내 몸을 지탱할 수 없을 정도였다.

어머님은 보란 듯이 내 팔을 거칠게 잡아끌었다. 주변의 형제들과 지인들 역시 고개를 설레설레 저었다. 순간 바로 뒤에 있는 아내를 돌아보았다. 아내는 딸아이 손을 굳게 잡고 나를 따라오며 외치고 있었다. "그냥 가! 앞만 보고!"

제주로의 이사는 보통 이틀이 걸린다. 당시 우린 그것도 모르고 이삿짐센터와 계약을 했다. 이삿짐은 인천으로 가서 배를 통해 다음 날 아침 일찍 제주에 도착한다. 우린 이삿짐이 떠나고 이런 절차들이 신행될 동안 하룻밤을 더 서울에서 자고 아침 일찍 비행기를 통해 제주로 가면 된다. 다리가 후들거리는 절정은 바로 이삿짐센터와 계약했던 그날 저녁이었다. 계약서에 최종 사인을 하고 이삿짐 비용을 업체에 송금을 하니 그제야 절차적인 것들이 완벽하게 다 끝났다. 이젠 떠나기만 하면 된다. 그날은 평상시와 달리 일찍 잠자리에 들었다. 내일부터 망망대해 속에 돛단배 하나 달랑 띄우고 시작될 우리 가정의 위대한 여정을 위해서였다. 그런데 도무지 잘 수가 없었다. 가슴은 쿵쾅거리고 물밀듯이 두려움이 몰려왔다. 한참을 뒤척이며 잠을 못 자고 있는데 그런 나를 보고 아내가 한마디 했다.

"왜? 잠이 안 와?"

"그냥 잠이 안 오네"

"내일은 할 일도 많고 바빠. 빨리 자"

"정말 우리 제주에 가는 것이 맞을까? 이러다가
완전히 망하는 거 아냐?"

"...."

"지금이라도 취소하면 어떻게 될까?"

"...."

"아니, 근데 넌 걱정이 하나도 안돼?"

내 물음에 침묵으로 일관하던 아내가 드디어 입을 뗐다.

퉁명스럽게 한마디 한다.

"한번 극적으로 살아 볼 수도 있는 거지. 뭘 그래. 좋잖아. 드라마틱하고. 그러니까 그냥 빨리 자."

그 말을 듣는 순간 쿨~ 한 느낌이 가슴 위부터 아래까지 뻥 뚫려 내려갔다. 후련했다. 그간 내 인생 가득히 쌓여 있었던 두려움이라는 녀석을 용기 있게 한방 걷어찬 느낌이었다. 이건 그동안 한 번도 경험해 보지 못한 그 어떤 것이었다. 이렇게 대망의 인간 개조는 시작되었다.

그건 우리 사정이고

이곳 제주에 12년 넘게 있으면서 묘한 현상을 하나 발견했다. 의외로 남자들이 낯선 곳에서는 맥을 잘 못 춘다는 것이다. 상황판단을 하는데 시간이 꽤 걸린다. 반면 남편과 같이 온 아내들은 기민하게 움직인다. 제법 눈치도 있고 상황판단도 빠르다. 이상한 현상이다. 사회생활, 직장생활 더 많이 한 남편들이 왜 저런 약한 모습일까?

반면 아내는 남편에 비해 현저히 떨어지는 정보력을 가지고도 왜 정확하고 빠른 판단을 내리는 걸까? 현재까지도 알 수 없다. 물론 몇 가지의 표본을 가지고 일반화시키기에는 무리가 있다. 내 주위에도 온갖 사업 잘 벌이고 수단 좋은 남편분들이 꽤 있다.

하지만 나를 비롯해서 의외로 많은 남자들은 정착 초기에 꽤 혼돈스러워했다. 주저하고 생각하는 사이에 좋은 기회들이 눈앞에서 하나하나 사라져갔다. 하지만 구세주가 나타난다. 아내들이다. 많은 아내들이 어리숙한 남편의 손을 잡아끌고 정착을 완성시킨 사례는 무수히 많았다. 그때 우리 주위에 원더우먼 같은 아내들이 얼마나 많았던가!

우리 어머님 말씀이 일정 부분 맞긴 맞았다. 후들거리는 다리를 진정시키고 간신히 외줄을 타고 건너온 이곳 제주는 황무지 그 자체였다. 매일 밤이면 어머님이 나에게 하셨던 "뭐 주워 먹을 게 있다고 그놈의 섬에 기어들어 가냐!"는 말씀이 이곳 애월 앞바다에 메아리가 되어 파도와 함께 들려왔다.

그렇게 매일 손가락만 쪽쪽 빨다가 역시 원더우먼의 검색으로 알게 된 저지리에 있는 어느 무인카페. 우연히 그곳에서 주인도 만나 긴 시간 이야기도 나누고 나도 이런 무인카페를 하고 싶다는 말에 따뜻한 격려도 받았다.

그리고 몇 달이 지나 우리는 애월 바닷가 바로 앞에 작은 무인카페를 열었다. 그 이름이 <무인카페 산책>이었다. 이런 시골에 누가 커피를 마시냐, 더욱이 무인카페로 운영하는데 누가 돈을 정직하게 내겠느냐 등의 말은 있었지만 우리 부부는 꿋꿋이 운영했다.

그런데 생각보다 반응이 좋았다. 워낙 주변에 카페가 하나도 없었던 탓이었다. 그리고 무인카페라는 개념도 생소하면서 신선했던 시절이었다. 사람들은 산책카페를 동네 사랑방 같이 자주 드나들었다.

오픈 후 몇 달이 지났을까? 그래도 마이너스는 아니구나 하면서 안심하던 차에 난데없이 건물 주인이 그냥 통째로 이 건물을 사라고 말했다. 당시 산책카페는 빈 3층 건물에서 1층만 임대해서 운영하고 있었다. 처음에는 이건 뭔 소리? 하면서 건물주 말을 제대로 듣지도 않았다.

그건 무인카페라는 것이 워낙 실험적이기도 했고 우리 나름대로 다음 목표는 숙박을 염두에 놓고 있었던 부분도 있었으며 결정적인 것은 수중에 돈이 별로 없었다. 그런데 갑자기 건물을 사라니까 정말 콧방귀도 안 나올 때였다. 몇 번 건물주는 나한테 농담반, 진담반 매매 이야기를 꺼내더니 듣는 척도 안 하는 나를 보며 어느 날 결정적으로 한마디 했다.

"아니, 그래서 정말 안 살 거야? 만약 안 사면 다른 사람한테 팔 거다!"

어라, 분위기 묘하네... 정확한 의중도 알 수 없고 상황 파악도 할 수 없어서 우선 알았다고 했다. 너무 갑작스러우니 잠깐 시간을 달라고 한 것이다. 그때까지 난 아내한테 건물주가 나한테 건물을 사라고 한 이야기는 꺼내지도 않았다. 그러다가 이렇게 집에 쪼르륵 달려와 아이가 엄마한테 무언가를 일러바치는 식으로 말하고 있다. 큰일 났다고, 건물주가 나한테 건물을 사라고 몇 차례 말했었다고, 어떻게 하면 좋냐고, 안 사면 다른 사람한테 판다고 하는데, 우리는 알다시피 돈도 별로 없고, 이걸 사야 하는 건지, 안 사야 하는 건지...

"돈이 없는 건 우리 사정이고 건물을 사야 하는 건 맞는 거지."

아내의 주특기가 또 나왔다.

입도하기 하루 전, 그러니까 이사를 앞두고 잠 못 이루던 밤, 내게 했던 그 이야기 "인생 한번 극적으로 살수도 있지."라는 말이 문득 떠올랐다. 이번에도 마찬가지다. 남편은 허겁지겁 달려와서

107

온갖 호들갑을 떨면서 이야기하고 있는데 아내는 내 얼굴 쳐다보지도 않고 자신의 일을 하면서 그냥 한 마디 툭 내뱉는다. 마치 한라산에서 긴 수염 가다듬으며 30년 도 닦은 신선같이. 나는 연거푸 다시 물었다. "아니, 이 사람아! 근데 왜 사야 하는 게 맞는 거냐고?"

도사의 설명은 이랬다. 우선 우리가 카페 인테리어에 투자한 금액이 있는데 총 건물가격이 이 포지션에 비교해 볼 때 그렇게 높지는 않다. 그런데 만일 우리가 건물을 사지 않는다면 다른 사람한테 매매가 될 것이고, 임대료가 낮은 현 상황을 고려해 볼 때 새로 주인이 된 사람은 우리 가게를 연장하지 않고 자신이 이 건물을 활용하던지, 아니면 임대료를 왕창 올려 내보낼 수 있는 위험이 있다.

그렇게 되면 우린 고스란히 인테리어 비용을 손해 보는 것이고. 또 매매를 해도 괜찮은 것이 나름대로 몇 달 되지 않았지만 바닷가 바로 앞의 경치에 유동 인구도 제법 있으니 건물을 사도 손해는 없을 것이라는 등의 말이었다.

"용하다 용해~~ 어디 가서 간판 하나 달고 영업하면 딱 좋겠네.

그런데 도사님, 우린 돈이 별로 없는데요." 라고 다시 물으니 그래서 "내가 그랬지 않았느냐, 돈이 없는 것은 우리 사정이라고. 하지만 사야 하는 것은 맞는 거라고." 그렇게 도사님 손을 꼭 잡고 고맙다고 몇 번을 인사한 다음에 나는 집에서 나와 그 다음을 완벽하게 준비해 나가기 시작했다.

우선 건물 주인을 만나 담판을 짓고 금액을 확정했다. 이건 내가 서울에서 야채 도매를 하면서 잘하던 것이었다. 척 보면 상대방의 상한과 하한은 대략 집어낼 수 있다. 그다음은 역시 우리의 친구, 은행 대출을 받고 여기저기 영끌을 해서 건물을 구입했다.

낯선 곳에서 아내는 때론 원더우먼으로, 때론 도사님으로 변신을 한다. 역시나 건물을 사는데 우리 어머님은 걱정에 걱정을 하면서 말리셨지만 난 도사님의 말을 들었다. 언제까지 그 말이 맞을는지 모르겠지만 12년째 족집게라서 감히 반박을 할 수도 없다. 지금까지는 부모님과 형제들의 보호 속에 아무 생각 없이 살았던 나이지만 이렇게 낯선 제주에서는 철저히 아내를 의지하며 지내고 있다. 그런데 원래 아내가 이런 사람이었단 말인가? 조금 헷갈리기 시작한다. 어찌 되었든 아내의 인간 개조는 계속 이어지고 있다.

두 다리 후들후들 거리면서 간신히 건너온 제주였는데 온 지 얼마 되지 않아 또다시 두 손이 부들부들 떨리고 있었다. 다름 아닌 운전대 핸들을 잡은 두 손이다. 처음으로 어머니 원망을 했다. '왜 그때 막내아들이 운전한다고 했을 때 위험하니 절대 하지 말라고 치마폭에 폭 숨겨 놓고 놔주지 않았을까?' 하긴 이 모든 것이 내 탓이지 누굴 탓할까.

아무튼 나는 이곳 제주에서 죽든 살든 운전을 해야 했다. 여긴 교통이 불편해도 너무 불편한 곳이었다. 지하철도 없고 버스가 다니지 않는 곳도 많았다. 그리고 한번 버스를 놓치면 다음 버스까지 30~40분 기다리는 것은 일도 아니었다.

이곳 제주에 내려올 때도, 막판까지 운전을 하지 않으려고 했다. 물론 장롱 속 1종 보통 운전면허증이 버젓이 있었지만 무서워서 차를 끌고 도로에 나갈 수가 없었다. 그리고 내가 굳이 이렇게 운전을 하지 않은 결정적 이유는 이미 아내가 운전을 하고 있었기 때문이었다. 이 시점에서 조금은 부끄러워해야 하는데 당시에는 전혀 그런 생각이 들지 않았다. 그냥 든든한 운전기사 하나 둔 느낌이었다.

인간 개조 전의 상황은 이처럼 절박하고 심각했다. 나만 그렇게 생각하지 않을 뿐이었다. 그런데 막상 제주에 와 보니 내가 생각했던 기사 시스템은 너무 불편했다. 어느 곳을 가도 아내는 같이 가야 했다. 나만 가서 간단히 해결할 일을 운전을 못 하니 아내가 같이 가야 했다. 이런 비효율은 세상에 없었다. 하지만 어떻게 하든 운전을 하고 싶지 않았던 어느 날 드디어 결심했다.

그래. 해보자. 어떻게 되든 한번 해보자!

지금도 생생히 기억이 난다. 처음 아내와 함께 새벽 시간에 도로에 나갔던 때이다. 일부러 차 없는 시간을 골라서 새벽 시간을 택했다. 자신감을 얻었던 것일까? 몇 번 새벽 시간에 운전을 하면서 담력을 얻은 다음 이젠 조금은 복잡한 아침 시간을 택했다.

그런데 막상 도로에 나가자마자 이건 다른 느낌이라는 생각이 곧바로 들었다. 내 옆을 쌩쌩 달리는 차와 갑자기 내 앞에 끼어들어 차선을 변경하는 차, 그리고 버스 등등 정신이 없었다. 공포 그 자체였다. 30분가량 쇼 아닌 쇼를 하며 운전 연습을 하고 집에 돌아오니 내 느낌은 한 13시간은 운전을 한 느낌이었다.

그런데 아내는 잠시 쉬고 있는 나를 보며 이젠 매일 아침마다 시간을 정해 놓고 나가자고 했다. 미칠 지경이었다. 진짜 그때는 아침에 일어나서 도로에 운전 연습을 하러 나갈 때가 되면 꼭 도살장으로 끌려가는 가축의 심정이었다. 그렇게 며칠을 하다가 어느 날 아침, 거실 소파에 주저앉아 아내에게 폭탄선언을 했다. 이젠 운전 연습 안 하겠다고...

'1년 후에는 이 모습이 아니리.'

도사가 다시 나타났다. 아내는 그 순간 다시 원더우먼이 되고 도사가 되어 내 옆에 나타났다. 그런데 이상하게 이번에는 아이 타이르듯 부드럽게 말했다. 1년 후에는 이 모습이 아닐 거라고. 당신이 무서워하고 두려워하는 것은 알겠는데 정말 1년 후에는 이 모습이 아닐 거라고 한다. 운전 실력이 조금씩 늘어서 더 이상 도로에 나가는 것이 두렵지 않을 거라고 했다. 그렇게 1년 후에 자신 있게 도로를 달리고 있는 당신 모습을 상상하면서 다시 연습을 하자고 했다. "정말 용하네. 용해."

이상하게 난 그때 아내의 말에 힘을 얻어 다시 도로에 나갔다. 그냥 그때부터는 입술 꽉 깨물고 운전을 했다. 아내 말처럼 무서울 때마다 1년 후에는 이 모습이 아니라는 것을 주문 외우듯이 외우면서 악바리처럼 버텨냈다.

이 말은 마치 가훈과 같이 제주 정착 내내, 위기 때마다 다시 나타났다. 무인카페 산책 건물을 사기 위해 서류를 준비하고 대출을 받기 위해 부산히 돌아다닐 때 1년 후에는 이 모습이 아니라고 생각했다. 1년 후에는 저 건물의 등기부등본에 내 이름 석 자가 선명하게 적혀 있는 것을 보게 될 것을 상상하면서 이겨냈다.

민박 준비를 하고 공사를 하며 준비할 때도 마찬가지였다. 계획을 세울 때마다, 하나하나 준비될 때마다 전혀 예상하지 않은 변수가 나타나 우리 부부를 괴롭혔다. 그때마다 아내와 나는 '1년 후에는 이 모습이 아니리'라는 말을 함께 했다.

그리고 이주 초기 어떻게 하면 제주에서 잘 정착할 수 있을까 하면서 애쓸 때에도 마찬가지였다. 제주로 이주하고 곧바로 이어진 3년간의 긴 마이너스 속에서도 '1년 후에는 이 모습이 아니리'라는 말을 외치며 매년, 매년을 버텨왔다. 그렇게 3년을 같은 소리를 하니 결코 달성할 수 없었던 일들이 일어났다.

절대 불가능해 보였던 마이너스 극복이 신기하게 그다음 해에 플러스로 전환되었다. 결국 정착에 성공했다. 그리고 이 모든 절정은 집 건축이었다. 워낙 돈이 없이 진행하다 보니 고려해야 하고 알아봐야 할 것들이 산더미 같았다. 하지만 우리에겐 마법 같은 주문, '1년 후에는 이 모습이 아니리'가 있었다. 신기하게 그 주문을 외우고 버티다 보면 언젠가는 모든 것들이 해결되어 있었다.

요즘 우리는 전기차를 사고 난 후 일 년에 2만 7천 킬로 이상을 달리고 있다. 제주 전역을 이잡듯이 돌아다니고 있는 것이다. 그러던 어느 날 아내가 차를 끌고 나가 멋지게 차 옆문을 쭉~ 긁어 가지고 집에 돌아왔다. 나에게 운전을 가르쳐 준 사부는 점점 기력이 쇠하는가 보다. 눈도 침침하고 밤엔 도로가 잘 보이지 않아서 운전하는데 무섭다고 한다. 그래서 이젠 아내 대신 내가 거의 운전대를 잡는다. 사부는 점점 쇠하고 나는 점점 흥하고 있다. 스승의 은혜에 보답할 때가 왔다.

아내는 우리가 제주에 정착하는 12년 동안 거의 모든 굵직한 결정들을 이끌었다. 하나같이 내가 두려움 가운데 주저했던 것들이었다. 사실 어느 하나 만만한 것이 없었다.

이주 초기, 임대했던 건물을 구입한 것도 그렇다. 다 빚내서 산 것이라고 그렇게 말했건만 주변 사람들은 우리 부부를 보고 건물주가 되었다고 부러워했다. 아내는 집 건축도 뚝심 있게 밀어붙였다. 언제까지 연세를 살 거냐며 팔 걷어붙이고 이 모든 과정을 진두지휘했다. 물론 세세한 모든 과정은 내가 시작했다. 아내는 방향성만 제시할 뿐 그 외의 모든 일정은 내가 준비해야 했다. 그래도 크게 상관은 없었다. 내게 중요한 일은 건물을 사느냐, 마느냐 아니면 집을 건축하느냐 계속 연세를 사느냐의 큰 방향과 결정이었다. 이것이 결정되면 나머지 절차들은 그 누구보다 치밀하게 잘 진행할 자신이 있었다.

몇 년 전, 전기차도 그랬다. 아내는 우리는 같이 놀러 다니길 좋아하고, 미래에는 전기차가 대세라고 노래를 불러댔다. 결국 아내의 말대로 기존의 차를 팔고 전기차로 새로 뽑았다. 그리고 이젠 할부도 별로 남지 않았다. 요즘과 같이 고유가 시대에는 아내의 선택이 돋보인다. 그러면서 올해 산책 건물의 외관 리모델링도 강하게 밀어붙였다. 한번 마음을 먹으면 고집을 꺾질 않는다. 오전에도 노래를 하고 오후에도 노래를 부른다. 외관을 리모델링 해야 한다고 노래를 불렀다. 더 이상 미루면 안 된다고 노래를 불러야 내가 움직인다.

건물도 사고 집도 건축하고 전기차도 사고 리모델링도 끝내서 조금 쉬나 싶었더니 이젠 앞으로 자신은 저작권으로 먹고살 거라고 했다. 앞으로는 저작권에 주목해야 한다나 뭐라나. 솔직히 이번엔 귓등으로 들었다. 또 이건 나한테 시킨 것도 아니다. 자기가 먹고살 거라고 했으니 본인이 열심히 노력해서 이루면 된다고 생각했다. 부부니까 나도 같이 잘 먹고 살겠네, 하는 생각만 가지고 있었다. 그렇게 동화작가가 꿈이었던 아내는 동화 몇 편을 깔짝깔짝 쓰더니 몇 군데 출판사에 원고를 투고했다. 아니나 다를까, 콧방귀도 안 뀌는 출판사 태도에 기가 바짝 죽어서 저작권 이야기는 쏙 들어갔다.

'그래, 뭔 저작권이야, 자기 분수를 알고 하는 일이나 잘해야지.' 하면서 내심 고소해하고 있었는데 의외로 많이 낙담하는 아내의 모습에 괜히 마음이 흔들렸다. 그래서 위로 아닌 위로를 아내한테 하니 대뜸 나보고 글을 쓰라고 하는 것이다. 아니 이건 뭔 수작! 자기가 쓰다가 안 되는 것을 왜 나보고 쓰라고 하는 건지 도통 이해가 되질 않았다. 그래서 말 같지 않은 소리 그만하라고 하니 남자가 앞을 내다볼 줄 몰라서 답답하다고 혼자 씩씩거렸다. 그래도 그냥 내버려 두었다. 그러다 말겠지 하는 심정으로 말이다. 그렇게 꿈쩍도 하질 않는 남편을 본 아내는 작전을 묘하게 바꾸었다. 살살 귀에다 알랑대기 시작한 것이다.

"사실 나 전부터 당신 글 좋다고 생각했어. 그리고 도서관에서 책 볼 때마다 당신 생각날 때가 많아. 이런 책 정도는 우리 남편이 더 잘 쓸 텐데 하면서 말이야."

'요것 봐라.' 이렇게 나오니 괜히 솔깃하다. 하지만 쉽게 넘어갈 순 없다. 백번 양보해서 설사 출간되어도 책이 많이 팔리지 않으니 수입은 크지 않을 것이다. 이런 식으로 말을 하다 보니 갑갑스러워한다. 그리고는 일단 출간을 하면 알 수 없는 그 어떤 것이 있을 것이라고 한다. 그리고 그건 자신도 알 수 없다고 했다. 살짝 신비주의로 가면서 묘한 궁금증을 일으키게 하는 시점이었다. 갑자기 한라산에서 30년 도 닦은 도사처럼 말이다. 이곳 제주에 번번이 나타나 건물매매에, 집 건축에, 전기차에, 건물 외관 리모델링 등등을 코치해 준 도사 말이다.

그때부터 나의 폭풍 글쓰기가 시작되었다. 또 나는 글쓰기에도 최적의 직업을 가지고 있었다. 내가 누군가? 나는 무인카페 사장이다. 아침에 문을 열어 놓으면 그 후론 나를 방해할 사람은 없다. 아침에 일어나서도, 밥을 먹을 때도, 밤에 카페 문을 닫을 때에도 오직 글만 생각했다. 그렇게 세 달을 꼬박 집중을 하니 원고 하나가 만들어졌다.

그때부터는 다들 알다시피 출판사 원고투고. 하지만 예상대로 잘 안된다. 거절의 메시지가 하나하나 쌓일 때마다 나도 의기소침해졌다. 그렇게 출판사 거절이 반복될 때, 조금은 용기를 얻고자 어느 날 아내한테 내 글이 좋다고 말하는 당신은 도대체 내 원고가 책으로 만들어질 확률이 몇 퍼센트가 될 거 같냐고 진지하게 물어보았다. 솔직히 그때 내 심정은 한 30% 정도를 기대하면서 말이다.

"0.1% 정도."

처음엔 잘못 들었나 싶었다. 뭐라고? 다시 물으니 여전히 0.1%라고 말한다.

'이 양반아 무슨 볼펜심도 아니고, 아니지. 요즘은 볼펜심도 0.1은 잘 안 나오거든. 그런 확률을 가지고 당신이 글을 잘 쓴다는 등, 한번 써보라고 하는 등, 말 같지 않은 소리로 나를 부추겨 놓고서 뭐 0.1%!'

갑자기 화가 치밀어 올랐다. 하지만 소용이 없었다. 이미 한라산 도사는 철수하고 도망간 상태다.

내 눈앞에 있는 A4용지 100장 분량의 원고와 치열하게 글을 써 내려갔던 3개월의 시간, 그리고 0.1%. 하나하나 흑백필름이 되어 내 눈앞을 스쳐 지나갔다. 그런데 이게 웬일인가! 갑자기 출판사에서 연락이 왔다. 출판계약을 하자는 것이다. 처음엔 믿어지지도 않았다.

그렇게 눈동자 크게 뜨고 메일을 확인하고 확인하니 틀림없었다. 출판계약서를 쓰자는 것이다. 곧장 아내한테 전화를 했다. 말도 꺼내지 않았는데 미안하다고 한다. 괜히 부추겨서 아까운 시간 낭비하게 해서 정말 미안하다고 한다. 그래서 그런 게 아니고 출간하자는 연락이 왔다고 소식을 전하니 깜짝 놀란다. 그러더니 갑자기 말을 바꾼다. "내가 뭐라고 했냐, 당신은 그렇게 될 줄 알았다고 하지 않았냐."며 한턱 쏘라고 한다. 이놈의 사기꾼을 어찌할꼬.

아내 말은 맞았다. 출간을 하게 되면 알 수 없는 일이 일어난다는 말은 사실이었다. 난 지금 이렇게 두 번째 책을 쓰고 있다. 출간계약서 하나만 쓴 것이 전부인데 벌써부터 다음책을 준비하고 있다. 책도 한번 쓰면 경험이 생긴다고 채 한 달이 되지 않았는데 벌써 반 이상의 진도를 보이고 있다. 생각할수록 신기하다. 이건 내가 이전에는 감히 상상도 하지 않았던 일이었다. 이렇게 아내는 나를 이곳 제주에서 또다시 신비한 곳으로 끌고 간다.

갑자기 묘한 생각이 든다. 내가 그 전부터 알고 있었던, 그러면서 지금 내 앞에 있는 아내를 자세히 본다. 과거 서울에 있었을 때의 아내는 늘 주변 사람들에 의해 가려진, 있는 듯 없는듯한 사람이었다. 자기 주장은 거의 없었고 남들이 결정하면 말없이 따라주는 것이 그녀만의 장점 아닌 장점이었다. 그런 아내가 지금은 자신의 주장을 강하게 하고 있다.

남편인 나를 설득하려고 목소리를 높이기도 한다. 그렇다면 예전에 내가 알고 있었던 아내가 진짜 모습인지, 이곳 제주에 와서 새롭게 알게 된 아내의 모습이 진짜 모습인지 헷갈리기 시작한다. 생각건대 이곳은 아는 사람 아무도 없고, 어떤 것도 의지할 곳 없는 낯선 제주에서 남편과 함께 어떻게든 살아가기 위해 변형된 또 하나의 그녀 모습이지 않을까 싶다. 특히 요즘과 같이 아내의 말을 잘 들어주고 존중해주면 더 많은 생각과 아이디어들이 그녀의 입에서 쏟아져 나온다. 부작용까진 아니지만 조금 피곤할 때도 있다. 그러나 지금에 와서 어찌하겠는가! 운명처럼 받아들일 수밖에...

나는 제주에서 애월 바닷가 바로 앞에 조그마한 3층 건물 하나를 가지고 있다. 맞다. 그 건물이다. 아내의 말을 듣고 10년 전에 구입한 그 건물. 1층은 무인카페 산책을 운영하고 3층은 숙소로 운영되고 있다. 그리고 2층은 그간 관광객을 대상으로 캔들(candle)을 만드시는 분이 임대로 운영하고 계셨는데 이번 코로나로 모든 사업을 접고 철수를 하셨다.

물론 예상치 못한 것은 아니었다. 그전부터 여러 복잡한 사정들을 잘 알고 있어서 오히려 결정했을 때 마음 편히 보내줄 수 있었다. 문제는 그다음부터였다. 다시 임대를 주자는 나와 이번 기회에 새로운 것을 모색하자는 아내의 극명한 대립이었다.

재임대는 고민할 필요가 없다. 변수도 없다. 새로 임대해서 들어오는 사람이 보증금을 다시 들고 오고 또 우리는 보너스 같은 연세를 받으면 된다. 눈에 딱 그려진다. 그건 우리 어머님이 좋아하는 것이고 나도 선호하는 방식이다.

하지만 임대로 결정하지 않고 우리가 운영하기로 하면 이건 조금 복잡해진다. 우선 눈에 그려지는 것이 없다. 오직 보이는 것은 당장의 손실뿐이다. 새롭게 공간을 꾸밀 돈도 필요하고 필요한 물품도 구입해야 한다. 그것이 많든 적든 상관은 없다. 우선 내가 가지고 있는 돈이 나가는 것이다. 손실이다. 그리고 기존의 보증금도 내주어야 한다. 이건 큰 손실이다. 이 경우에 새로운 대출도 알아봐야 한다. 또 보너스 같았던 당장의 연세도 손에 쥘 수가 없다. 생길지도 안 생길지도 모르는 미지의 수익을 위해 이 모든 손실을 감수해야 한다.

하지만 아내는 이 결정을 하려고 한다. 아니 이미 마음속으로 굳게 다짐하고 있다. 제주에 있는 12년 동안 아내의 눈에서 저런 눈빛이 보이면 말릴 수 없었다. 저건 반대할 상황이 아니라 적극 협조해야 할 상황이다. 이렇게 아내는 한번 결정을 내리면 누가 뭐라고 하든 별로 신경은 쓰지 않는다. 마치 '당신은 그렇게 생각할 수 있어요. 이해해요. 절 걱정해주셔서 감사해요. 하지만 전 당신의 생각과는 달라요.'하는 것 같다. 포용력이 있고 유연하지만 단호하다. 꿋꿋이 본인의 길을 간다. '대신 당신은 나와 함께 가야 해요.'

아내는 나에게 말한다. 준비하라고. 이쯤 되면 알아봐야 한다고. 전에도 말했지 않았는가! 방향은 아내가 결정하고 이에 관한 모든 절차와 행정적인 일은 내가 한다.

아내도 나름 준비하는 듯 보였다. 대학원 수업도 열심히 듣고 올해 사회복지사 1급 자격증도 새롭게 땄다. 그리고 얼마 전에 한글을 모르는 어르신이나 다문화가정을 대상으로 수업을 진행하는 '문해교원' 과정도 완료했다. 또 현재 아이들 대상으로 하는 신문 수업외에 중등부 이상으로 하는 비대면 강의도 구상하고 있다. 하지만 경험적으로 알고 있다. 아내가 원하는 대로 세상은 흘러가지 않을 수 있다는 것을. 저렇게 자신 있게 밀어붙여도 늘 허점이 있다는 것을. 또 얼마 전 출판을 앞두고 내민 0.1%의 사건도 생각났다. 인제든 나 몰라라 하고 도망칠 위험이 있는 요주의 인물이다. 난 그 점도 대비해야 했다.

그렇게 아내와 많은 시간 논의한 끝에 내린 결론이 공간임대였다. 2층을 세미나나 독서모임 등을 위해 일정 시간 빌려주고 사용료를 받는 사업이었다. 운영을 위해 그곳에 상주하고 있지 않아도 되니 이곳 제주에서 시간을 중요하게 생각하는 우리 부부에게도 딱 맞았다. 또 그렇게 운영하다가 아내는 직접 프로그램을 개발해서 그곳에서 강의도 하고 수업도 하고 싶어 했다.

이렇게 목표와 운영 방향이 정해지니 그때부터 아내는 기민하게 움직이기 시작했다. 냉장고부터 컵 하나하나까지 열정적으로 골랐다. 준비하는 중간중간 몇 번의 임대 문의도 들어왔다. 그럴듯한 제안도 있었다. 순간 '한번 생각해 보는 것은 어때?'라는 말이 목구멍까지 올라왔지만 아내는 한 치의 망설임도 없이 끝까지 밀어붙여 '문화산책'으로 사업자를 내는 것으로 이 모든 여정을 끝내 버렸다.

현재까지 문화산책은 별다른 성과는 없다. 백신접종률이 높아지고 위드코로나 하면서 잠시나마 세미나, 스터디로 이용하시는 분들이 몇 분 계셨다가 확진자가 증가하고 정부 방역의 강도가 세지면서 모든 것들이 다시 수면 아래로 내려갔다.

그러는 동안 이곳은 온전히 내 공간이 되어 버렸다. 지금도 오전부터 집에서 나와 이곳 2층 문화산책에서 글을 쓰고 있다. 마치 개인 작가 방같다. 음악도 잔잔히 틀어놓고 조용히 글을 쓴다. 이름 없는 초보 작가한테는 너무 과분한 공간이다. '설마 아내가 이런 것까지 예상해서 만들진 않았겠지... 설마...'

실용주의 노선

아내는 이곳 제주에서 뜬구름 잡는 짓은 하지 않았다고 했다. 본인이 그렇게 직접 나에게 말했다. 자긴 뜬구름 같은 것은 좋아하지 않는다고. 매번 당장의 이득을 바라보지는 않았지만 멀리 내다볼 때 먼 시간에는 이득이 있어야 했다. 자신이 희생하고 감당할 위험을 분석하고 그것을 장래에 획득할 이득과 비교, 그리고 저울질한 후에 답이 보이지 않으면 미련없이 접었다.

유일하게 자신의 생각에도 답이 보이지 않은 것을 참아낸 것은 오직 남편이 지금까지 운영하고 있는 '무인카페 산책' 한 가지였다. 만일 자신이 운영했다면 지금이라도 당장 문 닫았을 거라고 했다. 그만큼 이건 아내에게도 답이 보이지 않는 것이다. 하지만 산책카페를 남편이 너무 사랑하고 아끼고 있으니 그것만은 손대지 않는 듯했다. 몇 번 흔들린 적은 있었지만 깨끗이 마음을 비웠다. 이유는 간단했다.

아내는 나를 사랑하니까.

정착 초기에 남편이 운영하는 무인카페만으로는 자립할 수 없어서 아내는 5년간 애월항 항만공사를 관리, 감독하는 감리단에 속해서 직장도 다녔다. 5년이라는 시간은 감리단이라는 회사 특성상 중간에 교체 없이 항만 공사가 끝날 때까지 직장생활을 계속한다는 조건으로 입사를 했던 것 외에는 다른 의미는 없었다.

아내는 결혼을 하고 내가 장사를 시작한 다음, 다니고 있던 은행도 바로 사표를 썼을 만큼 직장생활 자체를 싫어했다. 그런 아내가 남편이 이곳 제주에서 돈을 충분히 못 벌어다 주니(그땐 숙소 오픈 전이었고 우리 가정의 수입은 무인카페 수입이 전부였다.) 자신이 직접 팔을 걷어붙이고 직장생활을 했다. 그것도 5년 꿋꿋이.

힘들게 직장생활을 하면서도, 저녁에는 아이들 대상으로 신문 수업도 했다. 하루 종일 직장에서 일하는 것도 힘들 텐데 주중에 몇 번은 저녁 시간을 이용해서 아이들을 가르쳤다. 이유는 5년이 끝난 후에 직장을 그만두고 자신만의 일을 하기 위해서였다. 결국 5년을 책임감 있게 채우고 감리단장님한테 칭찬도 들으면서 마지막으로 직장 문을 미련 없이 나왔다. 그리고 나에게 말했다. 이젠 내 인생 가운데 다시는 직장생활은 없을 거라고. 물론 준비는 이미 다 되어 있었다. 그전부터 아내는 충분한 시간을 두고 하나하나 만들었다.

나는 늘 아내에게 감사한 마음이 있다. 뜬구름 잡지 않고 뚝심 있게 밀어붙인다는 사람이 내가 좋아하는 무인카페<산책> 일에 대해서는 아무리 돈이 없고, 마이너스가 계속돼도 참아내었기 때문이다. 이것은 그녀에게 있어 전무후무한 일이었다.

그런데 인생은 참 재미있다. 결국 내년이면 만으로 오픈 12년이 되는 무인카페 산책 덕분에 첫 번째 책도 나오고 아내가 예언한(?) 출간 이후에 펼쳐질 누구도 알 수 없는 미래의 어떤 것을 위해 후속 작품을 쓰고 있다. 무인카페만이 줄 수 있는 무한한 시간이 없었다면 도대체 내가 어떻게 지금 이렇게 글을 쓸 수 있었겠는가!(혹시 이것도 아내의 큰 그림이었단 말인가...?!)

아내의 실용주의는 시간이 지나도 계속 이어지고 있다. 집 건축을 할 때도 우린 마당 주변에 귤나무를 심었다. 그것을 보고 말린 분들도 꽤 있었다. 멋있고 예쁜 나무가 많은데 왜 하필 귤나무냐고 다시 한번 생각하라고 했다. 그분들 말대로 예쁜 꽃을 피우는 멋진 나무가 너무 많았다. 하지만 아내는 단순히 꽃만 피우는 것이 아닌 과일도 원했다. 꽃도 보고 싶고 과일도 따고 싶은 것이다. 그래서 지금 우리 집 마당에는 온통 과일이 열리는 나무들 뿐이다. 귤나무 7그루, 하귤나무 3그루, 미니사과 2그루, 블루베리 1그루, 마지막으로 빈 곳 하나에 감나무를 심을 예정이다.

덕분에 매년 5월 초가 되면 우리 집 마당은 온통 귤꽃 향기로 가득하다. 비록 7그루의 귤나무지만 작은 땅에 조그만 집 하나를 지어서 그런지 넓은 마당을 가진 집에 50그루 있는 것만큼 귤꽃은 지천이다. 특히 귤꽃 향기는 은은한 것이 매력 중의 매력이다. 화려하진 않지만 은근히 사람을 잡아당긴다. 그래서 싫증 나는 법이 없다. 매년 그렇게 나를 감동시킨다.

그래서 그런지 귤꽃 향기는 아내를 닮았다. 은은한 향기로 한동안 나를 즐겁게 하다가 꽃이 지면 그것이 열매가 되어 다시 겨울에는 노란 귤로 또 한 번 나를 감동시킨다. 우린 아낌없이 내어주는 귤나무 덕분에 한겨울 내내 충분히 귤을 따 먹었다. 그리고 그것이 끝날 때쯤 어김없이 봄이 오고 귤나무는 다시 꽃을 피워 향기를 낸다. 매력이 끝도 없이 이어진다. 아내처럼.

아내는 올해 다시 나에게 명령을 하나 내렸다. 잔디 마당 한 편에 텃밭을 일구라는 것이다. 파릇파릇 잔디가 주는 기쁨도 있지만 매번 깎고 관리하는 것도 수고인데 잔디는 수확이 없다는 것이다. 그렇다고 모조리 없앨 순 없으니 마당 한 편에 작게나마 텃밭을 만들라고 며칠 전부터 입에 달고 다닌다.

특히 올해는 내가 현미 채식을 시작하면서 유난히 상추를 많이 먹고 있고 그래서 마트에 갈 때마다 상추를 한 아름 사 온다. 그 텃밭에 상추와 깻잎, 약간의 고추, 부추, 쪽파 등을 심을 예정이다.

물론 아내는 이렇게 말한다. 그렇다고 당신만 하라는 것이 아니라 나도 매일같이 물주고 잡초도 뽑을 거니 걱정 말라고 한다. 하지만 나는 이미 알고 있다. 아니 나뿐 아니라 우리 집 개 요거트도 알고 있다. 그렇게 며칠 하는 척하다가 모든 것을 다 나한테 떠넘기리라는 것을. 그래, 난 이미 너의 얕은 수법을 다 알고 있지만 당신 말대로 이쁘니까 오늘도 내가 참는다.

Ⅳ. **아내를 행복하게 하는 것들**

이불 깔아놓기

글을 쓸 때의 유익은 분명 있다. 무엇보다 그 대상에 집중해야 한다. 아주 천천히, 시간을 두고, 생각에 생각을 거듭한다. 지난날의 과오를 통렬히 자아비판하고 이 모든 것들을 한자씩 엮어 책으로 완성하기 위해 난 수많은 시간 동안 아내를 생각하고 또 생각했다.

생각한다? 내 아내, 나소희.

그녀는 과연 어떤 사람이었을까? 어떻게 나와 만나 결혼했고 그 후에는 내가 어떤 상처를 주었으며 그럼에도 지금까지 어떻게 나를 여전히 사랑하고 용서하며 살아가고 있는 것일까? 과연 그녀가 좋아하는 것은 무엇이며 싫어하는 것은 어떤 것일까?

 그녀를 분석하고 마음에 두고 음미하면 할수록 아내는 더욱 나에게 이야기하는 것이 많다. 예전에 당신이 이래서 마음이 아팠어요, 그때의 나의 감정은 이랬어요, 당신이 그렇게 나를 무시하고 고개를 돌릴 때 내 마음은 무너졌어요, 당신이 소리를 지를 때마다 난 마음의 문을 닫았어요 등등. 3장까지 이런 과정을 거쳐왔다. 그리고 지금은 4장에 이르렀다.

 이 장은 아내가 어떤 때에 좋아했는지를 생각하는 곳이다. 아내가 좋아하는 것은 무엇인지 생각해야 하는 장이다. 아내가 살짝 미소 지었던 찰나의 순간과 부끄러운 듯 "고마워."하고 말하며 순간적으로 사라진 그녀의 뒷모습을 잡아내야 한다. 그래서 난 이 4장이 좋다. 글을 쓰는 내내 마음도 편안해진다.

 가만히 기억을 더듬어 보니 사실 대단한 무언가는 아니었다. 아주 작은 배려와 따뜻한 행동 하나만으로 아내는 쉽게 감동했다. 오히려 너무 욕심이 없는 듯 보여서 짠한 감정이 들 정도였다. TV에서 나오는 것처럼 좀 더 근사한 것으로 기쁘게 해 주려고 해도 그 미소를 보면 '이것만으로도 충분히 행복해요.'라고 말할 것 같은 마음이 느껴져 마음속 무언가가 울컥하고 올라온다. 마치 '중국집에서 짜장면 한 그릇으로도 너무 좋네, 너무 맛있네.' 하면서 아들을 위해 맛있게 먹어주는 어머님을 보고 눈물이 나는 것처럼.

사사로운 첫 번째 이야기가 바로 이불 깔아놓기다. 우리 부부는 아침에 일어나서 저녁때까지 늘 붙어 있는데 잠은 따로 잔다. 나는 거실에서, 아내는 안방에서. 그렇게 자게 된 이유는 입도 초기에 겁이 많은 내가 이곳 제주에서 지네에 물린 적이 두 번 있었다.

지금도 그 생각만 하면 끔찍하다. 깜깜한 어둠 속에서도 번득거렸던 반달 모양의 이빨. 그것이 내 살을 비집고 들어올 때의 느낌이란 상상 그 이상이었다. 이렇게 처음에는 전혀 예상치도, 준비하지도 못한 상태에서 끔찍하게 테러를 당했지만 그 후론 철저히 경계근무를 서고 대비를 했다. 바로 모기장이었다. 하지만 이것 역시 얇은 망사모기장이라 충분히 보호받지 못하고 모기장 밖에서 지네가 내 머리를 다시 물어뜯었다. 이게 무슨 운명의 장난이란 말인가!

아무튼 지네에게 두 번이나 호되게 당한 후 난 좀 더 튼튼하고 완벽한 모기장을 주문했고 이곳에서 새롭게 집을 신축한 후에도 그 속에서만 잠을 잤다.

하지만 아내는 생각이 달랐다. 의외로 깡도 있고 배짱도 있다. 또 두 번의 지네 습격은 우리가 집을 짓기 전, 임대해서 살았던 허술한 농가주택 때문에 발생한 것이고, 지금은 이렇게 튼튼하고 완벽하게 신축했기에 지네가 쉽게 못 온다는 것이다. 그리고 내가 주기적으로 집주변에 지네 약만 잘 뿌리면 큰 문제는 없다는 것이 그녀의 판단이었다. 또한 결정적으로 아내는 모기장을 너무 답답해했다. 몇 번 집 주변 지네 출몰에 무서워서 밤에 내 모기장으로 살며시 기어 들어왔다가 차라리 물리고 말지 하면서 밖으로 뛰쳐나갔던 그녀였다.

반면 나는 이상하게 모기장 안에 있으면 마음이 편안하고 안정되었다. 아내 말대로 우리 집 요거트가 개집에 들어가 편안하게 쉬는 것처럼 말이다. 그래서 우린 지네가 출몰하지 않는 겨울철에도 난 거실에서, 아내는 안방에서, 각각 따로 자면서 본의 아니게 밤마다 아쉬운 작별을 해야 했다.

그러던 어느 날, 아내가 모처럼 저녁 모임 때문에 늦어지고 난 평소와 마찬가지로 잠자리에 들기 위해 거실에다 튼튼하고 웅장한 나의 개집(?)을 구축하고 있었다. 튼튼한 모기장 안에 이불을 깔고 오늘과 같이 쌀쌀한 날씨에는 전기장판도 옵션으로 살짝 깔아 두면서 완벽하게 이 모든 준비를 끝냈다. '그래 좋아, 아~주 좋아.' 하면서 내심 만족스러운 표정으로 냉장고 안에 있는 생강차를 따뜻하게 데워 마시려는 순간, 문득 아내가 자야 할 텅 빈 안방이 보였다. 그러면서 유난히 추위를 잘 타는 아내의 모습이 슬라이드 필름처럼 스쳐 지나갔다.

맞다. 아내는 유난히 추위를 잘 타는 사람이다. 아주 더운 한여름을 제외하곤 그녀의 이불 밑에는 두껍고 튼튼한 전기매트가 깔려 있다. 하지만 오늘과 같이 추운 날, 이 전기매트가 효력을 발휘하기 위해서는 최소 한 시간 전에는 미리 켜 놓아야 효과를 볼 수 있다. 그래야 밖에서 돌아와 세수하고 바로 이불 속으로 들어갈 때 그 따뜻함에 미소 지을 수 있다.

나는 이렇게 아내에 대해 알고 있는 것들이 많다. 추위를 잘 타고 한여름을 빼고는 늘 전기매트를 의지하고 있다는 것을 말이다. 그것만이 아니다. 지금 아내 주변에 있는 전반적인 사항도

다 알고 있다. 그 전기매트가 스위치를 켠다고 바로 온도가 빨리 올라가지 않는다는 것과 오늘따라 모임으로 인해 늦게 들어온다는 것, 그래서 내가 이대로 방치해 두면 아내는 모임을 마치고 결국 차가운 이불 속으로 들어갈 수밖에 없다는 사실도 알고 있다.

언제나 이때가 오면 머리에서 가슴으로 내려갈 수 있는 절묘한 시점이다. 이 시간은 늘 그렇듯 언제나 선택이다. 나는 생각하고 결정하고 선택해야 한다. 그냥 원래 마시려고 했던 따뜻한 생강차를 한 잔 마시고 거실에 웅장하게 펼쳐져 있는 나만의 훌륭한 개집으로 들어가 편히 자던지(이렇게 결정을 하면 나중에 건너편 안방에서 들려오는 아내의 춥다는 소리를 듣지 않기 위해 미리 귀를 막고 이불을 푹 써야 할 것이다.) 지금이라도 발딱 정신을 차려서 당장 안방으로 건너가 아내를 위해 이불을 깔고 전기매트에 전원을 넣어주던지 말이다. 이 문제는 언제나 고민이 되지만 결국 선택하고 책임을 져야 한다.

아내를 위해 무언가를 하기로 결정했다면 이왕이면 좋은 마음으로 도와주면 좋겠다. 아내를 기쁘게 하고 놀라게 해 주고 싶은 마음. 다른 이유로도 좋겠지만 그 밖의 이유들은 전반적으로 무겁고 침울할 수 있다. 가령 측은함이나 의무감으로 한다면 말이다. 이렇게 아내를 깜짝 놀라게 해 줄 준비를 완벽하게 해 놓고 모른 척 나는 개집에 들어가 있다. 아내를 놀라게 해주고 즐겁게 해주기 위해서다. 그러려면 아내가 와도 자는 척을 좀 해야 한다.

이미 안방에는 뜨끈뜨근 온도가 올라와 있고 침구가 가지런히 준비되어 있다. 반면 아무것도 모르는 아내의 마음은 바쁘기만 하다. 늦은 시간 허겁지겁 차를 대고 현관문을 열고 들어온다. 그러더니 거실 문을 빼꼼히 열어본다. 그때도 모른 척해야 한다. 가만히 개집에서 조용히 있는다. 벌써 자나? 아내는 남편이 자는가 싶어 곧장 안방으로 향한다.

빨리 이불을 펴야지, 빨리 전기매트에 스위치를 켜야지 하는 순간, 서프라이즈!!

가지런히 정돈된 이부자리. 이럴 수가, 순간적으로 아내의 얼굴에 미소가 지어진다. 이불 속으로 두 손을 넣어보니 너무 따뜻하다. 아내는 이내 감동한다. 안방을 나와 거실로 오는 아내의 발걸음 소리가 가깝게 들려오고 있다. 그리고 가만히 개집안을 들여다보는 아내. 그때 얼굴을 푹 덮고 있었던 이불을 확~ 걷어차며 깜짝 놀라게 하며 이렇게 말해야 한다.

"나 잘했지?"

아무리 무뚝뚝한 아내라 해도 이 순간은 웃는다. 활짝 웃는다. 이것이 바로 열정이다.

아내를 웃게 만들고 싶은 열정. 아내도 개 쓰다듬듯 내 머리를 쓰다듬으면서 한마디 한다. "응 잘했어!" 그러더니 곧장 안방으로 간다. 멀리 떨어진 거실에서도 안방의 따뜻한 이불 속에서 행복해할 아내의 모습은 금방 상상이 된다.

와인과 포테이토칩

그날은 아내에게 있어 무척 바쁜 날이었다. 오전부터 학회 모임이 있었고 오후에는 아이들 수업이 있다. 그리고 수업이 끝나자마자 냉장고에 있는 사과 하나를 꺼내 먹고 급히 대학원 수업을 들으러 시내로 갔다. 아내는 늦은 시간이 돼서야 집에 도착했다. 무사히 집으로 돌아온 아내의 얼굴은 마치 먼 거리 비행 후 정확히 목표물에 폭탄을 투하하고 안전하게 본 함대로 귀환한 함재기 조종사의 모습이었다. 현관문 앞에서 수고했다고 말하는 남편의 얼굴 앞에 죽겠다는 듯이 혓바닥을 길게 아래로 쭉 내린다.

그리고 휙~ 하니 가방을 던져 놓고 내 앞에서 일장 연설을 했다.

오늘 오전부터 모임은 어땠고 오후에는 수업을 어떻게 했으며, 끝나고 대학원 수업을 듣고 집으로 올 때는 졸려서 제정신이 아니었다, 간신히 왔다 등등이었다. "그래. 알았다. 알았으니까 빨리 씻고 쉬도록 해." 말이 끝나자마자 아내는 욕실로 들어가 샤워를 한다. 오늘따라 욕실 바닥에 떨어지는 물소리가 유난히 크다.

"와인 있어?"

욕실에서 나오자마자 물이 뚝뚝 떨어지는 머리카락을 대충 수건으로 두른 채 나한테 묻고 있다. "응. 냉장고에 와인 있어." 내가 오늘 낮에 사다 놓았다. 이쯤에서 한 가지는 말해 두고 싶다. 아내는 술을 그렇게 좋아하지는 않는다. 간혹 한 달에 한두 번 와인 한 잔에 만족하는데 그때 냉장고에 와인이 없으면 무척 실망한다. 특히 이렇게 바쁜 하루 일정의 끝에 와인을 찾는다. 나는 그것을 알고 있다. 그래서 미리 낮에 준비해 둔 것이다.

와인은 아내에게 있어 술이 아니다. 하나의 의식과 같다. 하루의 바쁜 일정 속에서도, 불평하지 않고 주어진 임무를 완수한 자신에 대한 보상이다. 찬장 서랍, 맨 위에 있는 와인 잔을 꺼낸다.

그리고 안방으로 들어가 TV를 보며 천천히 와인을 한잔한다.

이럴 때 TV 프로그램이 분위기를 맞춰주어야 한다. 한동안 외국에 나가 버스킹을 하던 비긴어게인이라는 음악 프로그램처럼 말이다. 화면에는 아직 가보지 못한, 이질적인 외국 풍경이 배경이 된다. 그리고 쟁쟁한 뮤지션들이 거리에서 음악공연을 한다. 아내는 이 방송을 배경음악으로 삼고 와인을 마신다. 하루의 바쁜 일과를 무사히 끝낸 뒤 쉼이다. 이건 술이 아니라 자신을 칭찬하며 격려하고 있는 하나의 의식과 같았다.

예전 5월 5일 어린이날에 아내는 자신의 인스타그램에 사진 하나와 짧은 글 하나를 남겼다. '어린이가 없는 가정의 어린이날 저녁 풍경'이라는 제목으로 말이다. 한 장의 사진 안에는 책상 위로 와인 한 잔과 책 한 권이 펼쳐있었다. 그날 종일 자녀들에게 둘러싸여 어린이날 선물이며 아이들이 좋아할 만한 곳을 이곳저곳 가며 시달렸을 지인들과 내년이면 하나뿐인 딸아이가 성인이 되는 자신을 비교하면서 내심 흐뭇해하며 올린 사진이었다. 와인은 아내에게 그런 의미였다. 자녀 양육과 같은 중요하고 무거운 임무가 곧 끝날 직전의 감사 의식과 같은 것이었다. 단순한 술이 아니었다.

이런 거룩한 의식에 빠질 수 없는 또 하나는 포테이토 칩이다. 아내 말에 따르면 포테이토 칩은 별다른 의미가 없다 했다. 와인과 잘 어울리는 좋은 안주가 많이 있고 자신도 그것을 먹고 싶은데 번잡하게 요리를 하면서 분주해지는 것이 싫다고 했다. 그때 비교적 감자요리를 좋아하는 아내가 가장 간단히, 그러면서 가장 쉽고, 싸게 구입할 수 있는 것이 포테이토 칩이었다. 1-2천원이면 어느 마트에서도 쉽게 살 수 있는 것이다. 와인도 그런 것을 골랐다. 너무 비싸지 않으면서 입에 달지 않는 레드 와인이면 아내는 쉽게 합격점을 주었다. 아내 말대로 이때의 와인과 포테이토 칩은 가장 가성비 좋은 사치였다.

아내가 이렇게 안방에서 와인 한잔과 포테이토 칩 한 봉지로 거룩한 의식을 치를 때, 난 거실에서 글을 쓰던지 책을 보면서 조용히 기다린다. 조금도 방해하지 않는다. 그런데 오늘은 웬일인지 중간에 아내가 와인 잔과 포테이토 칩 한 봉을 가지고 거실로 나온다. 나와 같이 한 잔을 마시고 싶은가 보다. 오늘따라 아내는 유난히 말이 많았고 많이 웃었다.

불 켜놓기

우리는 몇 년 전 제주에서 땅을 사서 집 건축을 시작했다. 그리고 완공했을 때 아내는 뛸 듯이 기뻐했다. 바닷가 바로 앞에 조그마한 상가 건물 하나 가지고 있고, "이젠 집만 있으면 딱~ 좋겠네." 하며 부른 노래였는데 결국 꿈에 그리던 집을 건축했다. 그녀는 이 세상 모든 것을 다 가진 듯이 좋아했다.

"무섭지 않으세요?"

이런 뿌듯함과는 별개로 준공 절차가 끝나자마자 서둘러 이사를 온 우리 부부를 보고 근처 유일한 이웃이었던 바로 옆집,

남편분이 물어본 첫마디는 바로 이것이었다. 맞다. 이곳은 마을과는 조금 떨어져 있는, 입구에 해당하는 위치였다. 마을에 도착하려면 걸어서 10분 정도는 더 가야 했다. 밤이면 주변은 암흑천지였고 그때 이 지역에서 유일하게 불 켜진 곳은 옆집과 우리 집 이렇게 딱 두 채였다.

하지만 솔직히 별로 무섭다는 생각은 들지 않았다. 어찌 되었든 조금만 가면 마을이 있었고 그사이 훌쩍 커버린, 그러면서 어둠 속에서도 두 눈 번득이며 우리 집을 24시간 철통같이 지키고 있는 상남자 진돗개, 요거트가 있었기 때문이다. 그 녀석은 정말 예리한 청각과 후각을 사용하여 꽤 멀리 떨어진 곳에서 다가오고 있는 미세한 움직임에도 경계를 하며 집안에 있는 우리 부부에게 바깥 상황을 자세히 알려주었다. 동네에서 목줄이 풀린 개와 같은 동물들이 집 근처로 접근을 하는지, 아니면 낯선 사람이 다가오고 있는지 알 수 있었다.

또 솔직히 이런 무서움을 감안해도 우린 마을에서 다소 떨어진 이곳이 좋았다. 낯선 제주에서, 정서적으로 끈끈히 연결된 마을공동체에 깊숙이 소속되기보다는 차라리 조금 떨어진, 그러면서 자유로운 이곳이 우리 부부에게는 훨씬 더 편하고 좋았다.

 하지만 이런 이점에도 불구하고 밤이 되면 닥쳐오는 어둠은 몇 가지의 불편함을 필연적으로 안겨 주었다. 우선 낮에 어디를 갔다가 밤늦게 집으로 돌아오면 주변이 너무 어두워서 주차장으로 들어가는 입구에서는 특별히 운전에 신경을 써야 했다. 자칫 잘못하면 입구 경계벽에 부딪힐 수 있는 위험이 있었기 때문이었다.

 그런 점을 생각해서 우리는 주차장 면적을 아주 크게 만들어 놓았지만 슬프게도 부쩍 어두운 곳에서 눈이 잘 보이지 않는 아내가 특히 더 조심을 해야 했다. 또 도착해서도 마찬가지였다. 차를 대고 마당을 거쳐 현관까지 들어오는 그 짧은 거리에서도 혹시나 잘못 발을 딛지 않을까 주의에 주의를 더해야 했다. 이런 이유로 뒤늦게 우리 집 옆으로 새로 집을 지어 이사 온 가족과 함께(이로써 총 3집이 되었다!) 집 앞 전신주에 가로등 하나 설치해 주기를 바라는 마음으로 읍사무소에 몇 번 민원을 넣었는데 번번이 거절되었다.

 이 정도면 우리 힘으론 어쩔 수 없는 문제였다. 이렇게 가로등 문제가 불발로 그치자 그때부터 우리 부부는 실외등을 사용하기 시작했다. 밤에 집 둘레에 있는 데크 지붕에 설치된 실외등을 켜 놓으면 모든 문제는 한 번에 다 해결되었다.

 하지만 문제는 전기세였다. 또 요금의 문제를 떠나 평상시에 이른 저녁부터 밤늦게까지 불필요하게 무조건 실외등을 켜 놓을 순 없었다. 실외등은 켜질 이유가 있을 때 그에 맞추어 정확히 켜져야 했다. 특히 오늘과 같이 오후 늦게 아내가 혼자 운전을 하고 나가서 밤늦게 집으로 오는 경우, 어두운 곳에서는 눈이 잘 보이지 않는 아내를 위해 귀가 시간에 맞추어 미리 실외등을 켜 놓아야 한다.

 문득 예전 생각이 났다. 결혼했지만 난 한동안 백수로 집에서 지낸 적이 있었다. 그때 아내는 은행을 다니고 있었는데 공무원으로 있다가 민간 은행으로 옮긴 아내는 업무와 실적경쟁에 힘들어하고 있었다. 난 가장으로 하루라도 빨리 취업을 해야 했지만 말처럼 쉽지 않았다. 그런 시간이 대략 6개월 정도 이어졌다. 아침 일찍 아내는 출근을 하고 난 출근하는 아내를 미안한 마음으로 현관문에서 배웅을 하고 그다음 시간은 별다른 일정 없이 하루종일 집에 있었다.

이렇게 지루한 한낮의 시간들이 지나고 아내가 퇴근하는 저녁 시간이 오면 그때부터 난 다시 바빠졌다. 어질러졌던 집안도 깨끗이 치우고 배고플 아내를 위해 밥도 했다. 물론 그 후로 내가 직업을 갖게 되고 아내가 은행을 그만둔 이후로는 일절 하지는 않았지만 말이다. 어찌 되었든 그때 내가 특히 중요하게 생각한 것은 집안 전등이었다.

 아내의 퇴근 시간이 다가오면 아파트 베란다 커튼도 활짝 걷어 놓고 집에 있는 모든 전등을 다 켜 놓았다. 당시 신혼집이어서 이사 전에 집안의 모든 벽은 하얗게 새로 칠하고 간단한 인테리어도 해서 이렇게만 해 놓으면 그때 우리 집은 다른 어느 집보다 밝고 돋보였다.

 하루 종일 바쁜 은행 업무에, 고객 서비스에, 또 영업 종료 후 마지막 돈 계산까지 정확하게 맞추고 나면 체력이 약했던 아내는 그야말로 숨이 팍 죽은 파김치가 되어 버리기 일쑤였다. 그렇게 퇴근 후, 비몽사몽 지하철을 타고 온몸과 정신이 너덜너덜해진 상태로 간신히 집에 도착해 아파트 정문을 통과하면, 저 멀리 아파트 4층에 유난히 밝은 집 하나가 아내의 눈 안에 번쩍 들어왔다. 바로 남편인 내가 온 집안 전등을 다 켜 놓은 자신의 집이었다.

아내는 그것을 매우 좋아했다. 그녀에게 있어 저 불빛은 하루 종일 힘들게 일한 자신을 위해 남편이 걸어 둔 노란 손수건이었다. "밖에서 보니 우리 집이 제일 밝아!"

이곳 제주에서도 마찬가지였다. 밤늦게 아내가 차를 타고 집으로 돌아오는 시간이 될 때쯤, 그 전부터 나는 미리 실외등을 켜놓는다. 아무것도 없는, 주변에 어둠뿐이었던 이곳에 노란 실외등 불이 하나하나 켜졌다. 깜깜한 어둠 속에서 빛은 더욱 밝아 보였다. 이렇게 실외등은 시간을 거슬러 이곳 제주에서 다시 노란 손수건이 되어서 아내를 기다리고 있다. 그러면서 아내의 차가 서서히 속도를 줄이고 주차장에 들어오면 그녀를 향해 지금도 이렇게 말하고 있다.

하루 종일 당신을 기다렸어요.
당신이 무사히 집에 와서 기뻐요.
내 온몸을 밝혀 당신의 발걸음 한 발, 한 발을
안전하게 비춰줄 거예요.

얼마 전 그토록 말 많고 탈 많은 전국민재난지원금이 주어졌을 때 한웃값과 지원금의 관계를 다룬 기사를 보았다. 재난지원금에 맞춰 국민들의 한우 소비가 급격히 늘고 반대로 이렇게 지원금 사용이 끝날 시점이 다가오니 한우 소비가 줄면서 다시 가격이 하락하고 있다는 기사였다.

하지만 내가 그 기사를 기억하는 것은 내용 때문이 아니었다. 내 기억으론 당시 그 기사에는 꽤 많은 댓글이 달렸는데 그중 하나가 '재난지원금이 있어야만 한우를 먹을 수 있는 그지들이 내 주변에 많다는 것이 놀라울 따름이다.'라는 댓글 때문이었다.

상대방의 상황이나 입장은 이해하지 못하고 무식할 정도로 용감하게 자신의 생각을 가감 없이 말하는 사람이 이 세상에는 늘 있다. 이젠 그런 사실이 놀랍지도 않다. 그런데도 순간 여러 생각이 들었다. 난 이번 재난지원금을 받고 한우조차 사 먹지 못한, 그 사람 표현에 의하면 그지보다도 못한 사람이었기 때문이었다.

솔직히 그 기사를 보면서 처음 든 생각은 재난지원금이 주어졌는데 그 돈으로 한우를 사 먹겠다고 생각한 사람이 많다는 사실에 먼저 놀랐다. 나는 그 돈으로 생활에 필요한 여러 가지 물품을 사는데 사용했기 때문이다. 물론 우리 집에도 한우를 누구보다 좋아하는 사람이 있다. 바로 내가 사랑하는 아내였다.

우리도 이번 전국민재난지원금이 처음 뉴스에 보도되었을 때 "우리도 이번에 한우 한번 먹을까?"하면서 농담 삼아 이야기한 적이 있었다. 아내는 내심 농담 반, 진담 반 기대하는 눈치였지만 역시나 지원금이 나오고 여러 쓸 항목들이 생기자 한우 이야기는 언제 그랬냐는 듯이 쏙 들어갔다.

한우에 대한 기억나는 에피소드는 몇 년 전에, 교회 모임 시간에도 있었다. 우리는 그때 서로 돌아가면서 한 주간에 일어났던 여러 이야기들을 자유롭게 나누는 시간을 가졌는데 그중 한 분이 마트에 가서 한우를 보고 사 먹고 싶었지만 차마 돈 때문에 주저하는 자신을 보며 속상하다는 말과 함께 울컥하신 것이었다. 순간 모임에는 침묵이 흘렀다. 그리고 조금 시간이 지나 어느 한 분이 침묵을 깨고 나지막하게, 아주 지혜롭게 말씀하셨다. 누구나 한우 앞에서는 주저하게 된다고. 누구나 작아진다고.

아내의 한우 사랑에 비해 난 그닥 한우를 좋아하지는 않는다. 어렸을 적부터 우리 어머님은 고기를 보면 맨 먼저 수입이냐, 한우냐를 따졌지만 아버님은 그런 어머님을 매번 타박하시면서 보란 듯이 더 고집을 피우면서 수입 소고기를 사 오셨다. 그 모습을 보고 자란 내가 마흔이 넘어 제주에 오면서부터 이곳에서 돼지고기에 대해 새롭게 알게 되었다. 비계조차 고소한 것이, 오묘하게 살과 결합 된 제주 특유의 삼겹살과 목살은 최상의 가성비를 내세우며 한우에 도전하고 있었다.

더욱이 현미밥과 야채 위주로 식사를 하고 있는 지금, 내 돈을 내고 한우를 사 먹는다는 것은 상상하고 싶지도 않았다. 하지만 아내는 간혹 TV에 한우 요리가 나올 때마다 여전히 병아리가 짹짹거리듯 노래 부르고 있다.

아내의 이런 호소에도 불구하고 제주에 있는 12년 동안 우리 식탁에는 늘 돼지고기가 놓여 있었다. 제 아무리 병아리 짹짹대듯 한우 타령을 해댄다 해도 아내 앞에는 삼겹살과 목살만이 있을 뿐이었다. 정착 초기의 어려움도 한몫하긴 했다. 이주해서 초기 3년간은 마이너스에, 그 후론 간신히 마이너스를 넘어 정착에 성공을 했지만 우리 서민들은 앞서 지혜로운 분이 말했듯, 한우 앞에서는 늘 작아지고 주저하게 된다.

그러던 어느 날, 아내에게 희소식 하나가 들려왔다. 제주에 동생을 보기 위해 오랜만에 놀러 오는 처형이 아내에게 무엇을 사갈까 하면서 전화를 했던 것이었다. 아내는 기회를 놓치지 않고 그때에도 병아리처럼 "한우, 한우."하면서 짹짹거렸다. 내가 옆에서 그러지 말라고 그렇게 말해도 아내는 막무가내였다.

이윽고 처형이 집에 도착하고 한숨을 돌리기 무섭게 짹짹거리면서 가방을 뒤져 한우를 꺼내더니 자신이 제일 좋아하는 와인과 함께 한우를 굽기 시작했다. 그런데 이게 웬일, 생각보다 그렇게 한우가 맛있진 않았다. 아마 포장마다 붙어 있는 금액에 아내도 살짝 가성비가 생각났던 것 같다.

아내는 나에게 말했다. 한우를 제일 맛있게 먹었을 때에는 예전에 서울에서 직장생활 할 때 회식하면서 먹었던 한우 맛이 제일 좋았다고 한다. 돈 걱정하지 않고 마음껏 먹을 때 말이다. 그 맛을 잊을 수 없다고 했다. 그리고 이곳 제주에서는 5년 동안 직장생활을 한 감리단 회식 때도 맛이 좋았다고 했다. 이렇게 아내가 한우 맛을 제대로 느끼려면 가성비라는 함정에 빠지지 않아야 한다. 조금이라도 돈 생각이 나고 주저하게 되면 한우는 금방 질겨지고 맛이 떨어진다.

며칠 전 아내의 생일 때 일이었다. 전날 밤, 아내에게 내일은 오랜만에 한우를 먹으러 가자고 했지만 결국 아내는 다음날 점심 때 나를 끌고 초밥집으로 갔다. 메뉴는 전날 밤 머릿속으로 미리 생각해 놓은 듯 했다. 그렇게 초밥이 나오자마자 아내는 그중 하나를 와사비 간장에 쿡 찍어 입에 넣는다.

그러더니 이런 말을 한다. "직장인들이 회식 때 한우 먹으러 간다고 하면 왜 그렇게 좋아하는 줄 알아? 자기 돈 내고는 못 먹거든!" 나는 직장생활을 안 해봐서 모르겠다. 하지만 나도 한우 앞에서는 늘 작아지고 주저하게 된다.

아내가 책을 보며 화를 내고 있다. 아니, 짜증을 내고 있다. 책을 더 보고 싶은데 눈이 아파서 못 읽으면 아내는 이내 짜증을 낸다. 늘 책 욕심이 많은 아내에게 오십이라는 나이에 불쑥 찾아온 노안이다. 돋보기안경은 덤이다. 하지만 안경을 쓰고는 오래 책을 읽을 수 없고 아내는 이 점을 힘들어했다.

나는 당연히 이런 아내의 상실감을 이해해야 하고 충분히 공감해 주어야 한다. 하지만 그녀 역시 잘 받아들여야 한다. 모든 좋은 것도 자신의 몸을 넘어서면 욕심이 될 수 있다. 이젠 이 부분을 지혜롭게 내려놓을 수 있어야 한다.

아내가 이렇게 책을 좋아하게 된 계기가 있었다. 그것은 우리가 제주에 오기 전, 서울에서부터 시작되었다. 아버님이 하시던 야채장사 일을 이어받아 형은 중매인으로 경매를, 나는 그렇게 낙찰받은 물건을 도소매로 파는 일을 할 때였다. 남들은 주5일 근무다 뭐다 해서 휴일에 식구끼리 다정히 놀러 가고 좋은 시간을 보내기도 하겠지만 야채 장사는 그럴 수 없었다. 야채는 신선도가 생명이듯 하루도 쉴 수 없었다.

하지만 다 사람 사는 세상, 그 속에서도 어찌어찌하면 잠깐이라도 시간을 냈겠지만 나는 그렇게까지 착하지는 않았고 아내를 배려하는 사람도 아니었다. 오히려 중간보다 수준이 한참 낮은, 아예 돼먹지 못한 인간이었다. 시간이 나면 잠을 자던지, TV를 보며 쉬던지, 주중에 못 만난 친구들을 만나러 술을 마시러 가던지 이렇게 셋 중에 하나였다.

당연히 모든 육아는 아내 몫이었다. 남편이 있되 있다고 말할 수 없는, 차마 남편이라고 말할 수도 없는 시간들이 그녀에게는 끝없이 이어졌다. 그때 아내가 선택한 것이 도서관이었다. 그래서 아내에게 도서관은 어떤 의미에서 슬픔이었다. 아이와 함께 혼자 남겨진 외로운 휴일, 아내는 자전거 뒤에 딸아이를 태우고 도서관을 갔다. 아이는 아무것도 모르고 자전거 뒤에서 좋아했지만 아내의 마음 한쪽은 시퍼렇게 멍들었다. 그런데 그 후에 신기한 일이 일어났다. 서서히 치유의 순간이 찾아왔다.

아내는 지금도 기억을 하고 있다. 집 현관문을 나와 자전거에 딸아이를 싣고 까르륵 웃는 아이에게 단단히 잡으라고 말한 다음 아파트 정문을 나선다. 아내가 도서관으로 자전거를 타고 가는 길에는 유독 큰 은행나무가 많았다. 가을이 되어 노랗게 변해버린 은행나무 사이로 아내와 딸아이 자전거가 지나가고 있다. 갑자기 이 장면이 하나의 유화가 되어 그녀의 가슴에 박히는 순간 그녀는 마음속 깊은 곳에서 눈물이 터져 나왔다. 슬퍼서 우는 것이 아니라 기쁨에 넘쳐 우는 것이다. 철저한 남편의 부재와 그로 인한 상처가 극적으로, 말도 안 되는 방법으로 치유되어갔다.

그다음부터는 기쁨이었다. 아이는 자신의 옆에서 그림책을 신기한 듯 보고 있고 자신도 관심이 있고 원하는 책을 마음껏 읽었다. 그때 자신과 아이의 시간을 방해한 사람은 아무도 없었다. 마음이 치유되자 남편의 무관심은 견딜만했고 때론 더 큰 자유로 그녀에게 되돌아왔다. 휴일에도 종일 도서관에서 책을 읽고, 지루해지면 아이와 놀이터에서 놀았다. 그러다가 배고프면 도서관 식당에서 군것질과 함께 국수로 점심을 먹었다. 지금도 그 맛을 잊을 수 없다. 조금은 퍼져 있는 밀가루 덩어리 국수 면발에, 대파와 새빨간 고춧가루가 대강 들어가 있는 간장양념, 멸치 조미료 국물이 전부였는데 그것이 긴 시간 아내의 마음속에 남아 있다.

도서관은 아내에게 이중적 의미가 있다. 아련한 슬픔 속에 새롭게 발견한 기쁨이 묘하게 어우러져 있다. 남편의 무관심과 좁은 세계관이 견딜 수 없는 상처였는데 오히려 그것 때문에 눈 돌려 발견한 이곳 도서관에서 무수히 많은 지혜로운 저자들과 마음껏 소통하고 이야기하고 있었다. 이것은 그것을 알고 누리는 사람만이 이해할 수 있는 것이다.

그래서 아내는 자신의 딸에게도 늘 독서를 강조한다. 도서관을 편한 친구처럼 자주 왕래하고 소통하라고 한다. 그리고 몇 가지를 덧붙인다. 앞으로 사랑하는 남자를 만날 텐데 그 남자친구는 책을 읽는 사람이었으면 좋겠다고, 그리고 장차 결혼을 하고 집을 얻을 때에도 집 근처 가까운 곳에 도서관이 있었으면 좋겠다고.

지난주에는 교회 예배를 마치고 아내와 함께 한라도서관에 갔다. 제주시에 있는 가장 큰 도서관이다. 물론 우리는 애월에 살고 있고 집 근처 가까운 곳에 애월도서관이 있다. 아내는 참새가 방앗간에 들리듯 시간이 날 때마다 그곳에서 책을 빌리곤 만족스러워했다. 하지만 한라도서관은 비교할 수 없을 정도의 많은 도서가 있다. 아내는 도서관에 들어서자마자 "바로 이거야, 이거야." 하면서 흥분하듯 책을 골라왔다.

　책을 다 고른 후 우린 잠시 도서관 밖을 걸었다. 큰 규모답게 야외시설도 잘 갖추어져 있었다. 곳곳에 설치되어 있는 야외벤치, 울창한 나무와 그 아래 그늘, 그리고 맑은 가을하늘.

　아내는 참 행복해했다. 젊은 시절 무관심하고 답답하기만 했던 남편이 지금은 개과천선하여 이렇게 자기와 함께, 그것도 자신이 제일 좋아하는 도서관에 같이 있다. 잠시 아내는 생각에 잠기는 듯 있더니 내게 한마디 한다. 시간 날 때마다, 주일예배가 끝나면 오자고 한다. 나도 짧게 대답했다.

　"그래. 언제든지."

아침 여행

아침 여행? 잘 모르시는 분들을 위해 약간의 설명이 필요할 것 같다. 말 그대로 아침에 떠나는 여행이다. 아침 일찍 떠난다. 여름에는 늦어도 아침 6시에는 출발해야 하고 겨울이면 6시 30분까지도 괜찮다. 일어나야 하는 시간은 그에 맞추면 된다.

난 알다시피 무인카페 사장이고 전날 오픈준비는 미리 다 해놓는다. 새벽 5시 30분에 기상을 해서 간단한 준비와 함께 카페를 오픈하고 바로 출발한다. 아침 여행은 늦어도 오전 11시 전에는 집에 도착하는 일정으로 마무리된다. 무인카페 사장만이 누릴 수 있는 특권이다.

우리 부부는 올해 5월에 처음 아침 여행을 갔고 11월까지 총 18번을 떠났다. 평균 한 달에 2~3번은 떠났다는 이야기다. 대상은 제주 전 지역이고 짧은 거리는 왕복 40km이고 긴 거리는 120km가 넘는다. 우린 새벽에 정신 나간 사람처럼 제주 전역을 차를 타고 돌아다녔다. 아직 잠이 덜 깬 이 세상에, 마치 여행객이 되어 제주를 돌아다니는 것은 보너스로 얻은 시간 속에 새로운 삶을 살아가는 것처럼 우리 삶에 생동감을 주었다.

아내는 이런 아침 여행을 무척 좋아했다. 아내에게 있어 와인이 단순한 술이 아니라 의식이듯 아침 여행 또한 단순한 여행이 아니라 그녀에겐 또 하나의 의식이었다.

이 여행은 그녀가 자신의 삶을 던져 치열하게 싸우고 투쟁하며 얻어낸 귀한 전리품과 같은 것이었다. 제주로 오기까지 얼마나 많은 사람의 반대가 있었던가. 이곳에 정착하기 위해 얼마나 많은 고통의 시간을 지나왔던가. 겁이 많고 걱정이 많은 남편을 다독거리며 여기까지 오면서 그녀는 얼마나 많은 용기를 내야 했던가. 그래서 우린 아침 여행을 통해 그때의 선택을 매 순간 기념하고 싶어 했다.

모험은 시작되었고 이제 여기서 후퇴할 수는 없다. 모험이 나를 재촉한다. 모험이 나를 떠밀어 전에 회의했던 것을 과감하게 할 수 있게 한다. 나는 배를 불살라 버렸고 이제 돌아갈 수 없다. 루비콘 강을 건넌 것이다.

[모험으로 사는 인생. 폴 투르니에. 한국기독학생회출판부. 62쪽. 1994년]

 그녀는 지금 아침 여행을 하면서 축배를 들고 있다. 평범하면서 안정을 바라는 많은 사람들이 출근이라는 또 다른 지옥의 시간을 타고 지하철이나 버스 안에 갇혀 있을 때, 그녀는 남편을 독려해 루비콘 강을 건넜다.

 그리고 그녀는 이렇게 남편과 함께 평일 아침 시간에 서귀포 어느 해안도로를 걷고 있다. 그들에겐 오늘 하루 아무 일정이 없다. 주변도 고요하다. 간간이 밀려오는 파도 소리가 전부다. 그들의 눈앞에는 끝없이 펼쳐져 있는 푸른 바다와 눈물 날 정도로 아름다운 하늘과 구름, 그리고 약간은 비릿한 바다 내음뿐이다. 이 시간은 너무나 평화롭고 느리게 지나간다. 우리 역시 서두를 이유가 하나도 없었다.

 우린 이곳 제주에서 현지인으로 살아가고 있지만 아침

여행에서는 잠시나마 관광객이 되어 자유롭게 돌아다닌다.

아침 여행이 시작되면 평상시 무뚝뚝했던 아내도 말이 많아진다. 신문이나 기사에서 본, 새롭게 인생을 계획하고 살아가는 사람들 이야기를 나에게 하고 있다. 자신은 요즘 이런 생각을 많이 하고 저런 관심이 있다고 말한다.

그 순간 쏟아지는 아내의 말은 그냥 침묵 속에서 들어주는 것이 좋다. 집중해서 듣다 보면 좋은 생각들이 밀려온다. 그 많은 것들 중에 몇 가지를 마음에 담아두면 된다. 아침 여행이 좋은 것이 바로 이런 점이다. 이곳에서 나오는 이야기들은 평상시에 우리가 하는 대화와는 다른 주제들이 많다.

며칠 전에는 동쪽 성산으로 아침 여행을 떠났다. 신풍리 신천 바다목장을 가기 위해서였다. 제주는 지도로 보면 알겠지만 긴 타원형의 섬이다. 이렇게 서쪽 끝에서 동쪽 끝으로 가는 것이 최장거리다. 이런 경우 왕복 120km가 넘는다. 이곳은 전에 올레 3코스를 함께 걸으면서 지나왔던 곳인데 너무 좋아서 나중에 다시 가보려고 마음속으로 점찍어 놓은 곳이다.

새벽 시간에 한적한 도로를 달리다 보면 예전 기억이 떠오른다. 그래서 매번 차 안에서 같은 이야기를 한다. 12년 전에 두려움을 안고 서울을 떠나 제주로 건너온 것을 무용담처럼 나누는 것이다. 하지만 그뿐만이 아니다. 이곳 제주에서 다시 한번 루비콘강을 건넌다. 매번 아침 여행 때마다 전의를 다진다.

이곳에서도 우리의 모험은 이어진다. 아내는 아침 여행 때마다 그 점을 나에게 말했다. 이곳 제주에서도 익숙한 일상에 취해 반복적으로 살지 말자, 늘 모험을 하자, 새로움을 추구하자고 말한다.

요즘 들어 나에겐 이렇게 글을 쓰는 것이 새로움이다. 앞서 말했듯이 글쓰기 역시 아내가 권유한 것이다. 이건 내가 서울에서 한 번도 생각하지 않았던 것이고 이곳 제주에서도 마찬가지였다. 생각할수록 신기하기만 하다. 하지만 지금 현실에선 모든 일이 신비롭게 우리 앞에 있다. 아내는 언제나 그렇듯 내 손을 잡고 웃으면서 다시 한번 강을 건너자 할 것 같다.

V. 우리가 꿈꾸는 노년은

같이 걷기

우리 시대 모든 부모님들이 그러셨겠지만, 우리 부모님 역시 평생을 열심히 사셨다. 특히 그것은 아버님의 자부심이기도 했다. 간혹 TV에서 청년실업이 높다 뭐다 하면 사회구조적 문제는 전혀 살펴보지 않으시고 개인의 정신상태 문제로 간주하면서 코웃음도 안 치셨다.

그런 아버님이 나를 앞에 앉혀 놓고 하셨던 말씀 하나가 있었다. 본인이 젊은 시절 야채 장사를 하면서 밤새 큰 자루에 일일이 양파를 손으로 하나하나 까고(내가 아버님 뒤를 이어서 야채 장사를 할 때에는 기계로 양파를 깠다) 그것을 담아 영등포에서 김포공항까지 직접 자전거에 싣고 배달을 했다는 이야기였다.

그것도 칼바람 쉥쉥 부는 겨울에 말이다.

 지금 같아선 거의 할 수 없는 일을, 그 시절 우리 부모님은 당연하듯 그 일을 하셨다. 그래서 무일푼으로 서울에 상경하셔서 나름 건물도 지으시고 자식들 세 명 모두 대학교도 졸업시키고 결혼도 시키셨다. 그런 부모님이 팔십이 넘으셔서 어머님은 뇌출혈, 아버님은 뇌경색으로 약간의 시차를 두고 병원 신세를 지셨다. 그리고 현재 어머님은 알츠하이머 초기 증세이고 아버님은 파킨슨 초기 증세를 가지고 계신다.

 늘 걱정이 많으셨던 어머님은 초기 치매증세를 보이시며 드디어 걱정과는 담을 쌓으셨다. 어떻게 보면 어머님은 치매로 인해 주변 사람들을 조금 걱정시키고 있지만 본인은 나름 행복한 노후를 보내고 있는 듯 보였다. 하지만 아버님은 늘 우울하시고 부쩍 울음이 많아지셨다. 나름 열심히 사셨고 우리 가문의 남자 평균수명을 봐도 압도적으로 장수하시는 편에 속하며 자식들 또한 큰 탈 없이 살아오고 있는데 아버님은 자신이 살아왔던 인생이 허무하기만 하다고 하셨다. 그러면서 내 앞에서 자주 눈물을 흘리셨다.

"니 엄마랑 이젠 두 손 잡고 좋은 곳도 같이 가고 그렇게 행복하게 보내고 싶었는데..."

허무한 자신의 인생에 대한 요점이었다. 그렇게 말을 미처 끝내지 못하고 내 앞에서 우셨다. 어떻게 보면 너무 바보같이 앞만 보고 달린 자신의 젊은 시절에 대한 후회이기도 했고 나름의 한이기도 했다. 나는 그런 아버님을 진정 이해할 수 있었다. 내가 아버님이라도 한이 생기고 후회가 될 것 같다. 조금만 속도를 늦추고 주변도 돌아보고 여유를 가졌다면 어땠을까. 마흔 살까지 부모님 곁에서, 심지어 그분들이 하신 야채 장사를 이어받은 나도 근면, 성실 하나는 보고 배웠다.

지금도 이렇게 새벽 5시에 일어나 이 책의 마지막 부분을 쓰고 있다. 아마 글을 쓰고 있지 않았다면 카페에 나갔을지도 모른다. 새벽에 무인카페 문을 연다? 맞다. 그냥 열었다. 하루 종일 몇 푼 팔지도 못하는 그 작은 무인카페를 열러 나갔다는 말이다. 사람이 오던지, 오지 않던지 문을 열어 놓고 커피도 볶고 내가 좋아하는 책도 읽고 때론 성경도 읽으면서 시간을 보냈다. 나도 이렇게 우리 부모님처럼 일 년에 한 번도 쉬지 않고 무인카페 문을 열고 있다. 그 피가 어디로 간단 말인가!

하지만 내가 열심히 일하는 듯 보이지만 열심히 일하진 않는다. 또 열심히 일하지 않는 듯 보이지만 열심히 일한다. 이것이 내가 이곳 제주에서 배운 지혜다. 이해하기 어려운 개념일 수 있다. 난 내가 맡은 바 일을 열심히 한다. 소홀히 한 적이 없다. 아침 일찍 문을 열고 밤늦게 문을 닫는다.

<무인카페 산책>은 오전 8시 전에 오픈이 되고 밤 9시에 문을 닫는다. 나는 손님들과의 약속을 저버린 적이 거의 없다. 간혹 손님이 없으면 그전에도 문을 닫은 적이 있긴 하지만 대체로 그렇게 운영을 한다. 그리고 앞서 말했듯 우린 연중무휴다. 12년의 긴 세월 동안 할머님 장례를 위해 서울에 며칠을 간 것을 제외하고 한 번도 문을 닫은 적이 없다. 물론 제주도의 특성상 태풍과 같은 긴급한 상황은 예외로 한다.

하지만 무인으로 운영하기에 평상시 카페에 상주하는 것은 아니다. 그런 의미에서 열심히 일하진 않는다. 아침 오픈과 저녁 문 닫는 시간, 그리고 중간에 한두 번 카페 점검차 가는 것을 제외하곤 시간이 많이 있다. 물론 숙소도 운영하고 있지만 하나만 운영하고 있어서 노동의 강도는 세지는 않다. 그런 의미에서 난 열심히 일하지는 않는다.

우리 아버님의 인생 가운데 가장 치명적 실수(?)를 내 인생에도 반복하지 않기 위해 지금부터 준비한다. 난 그분이 노년에 하고 싶었던 것을 지금 바로 한다. 평생 아버님의 한이 되셨던 것을 미루지 않는다. 그건 아주 간단한 것이다. 아내 손을 잡고, 좋은 곳을 가는 것이다. 아버님이 그토록 하고 싶었던 것을 나는 지금 아주 간단히 한다. 그리고 그것을 계속하는 것이 우리 부부가 노년에 꿈꾸는 것이다.

아침 여행도 어떤 의미에서 그런 것이다. 특별할 것도 없는 일상의 시간 중에 어느 날 아침 시간에, 우린 부지런히 준비해서 집을 나선다. 차를 타고 멀리멀리 떠난다. 내 옆에는 나와 함께 한 아내가 있다. 우린 이렇게 두 손을 꼭 잡고 가보고 싶은 곳을 마음껏 간다. 후회 없이 간다.

부부가 같이 걷는 것이 뭐 노년에 대단한 꿈이라고 그것을 책에다 적고 그러냐는 분도 있겠지만 그건 대단한 것이다. 주변을 둘러보면 그것이 얼마나 대단한지 알게 된다. 우리는 간혹 영화나 드라마에서 나이 지긋하신 노부부가 다정하게 두 손을 잡고 걷는 장면을 보면 순간적으로 자신들도 나중에 저렇게 나이 들고 싶다는 생각을 한다. 왜 그것이 그렇게 아름다워 보이는지 알 수 없을 정도로 모든 사람들의 소망은 같다. 우린 본능적으로 알고 있는 것이다. 저렇게 간단한 것이 결코 쉽지 않다는 것을 말이다.

우선 건강해야 한다. 우리 어머님처럼 한 분이 무릎 수술을 하셨다면 쉽지 않다. 또 걷고자 하는 마음도 같아야 한다. 그런데 이것 또한 쉽지 않다. 우리 어머님은 무릎을 수술하셨고 처음엔 아파하셨지만 건강한 다리를 다시 얻으셨다. 하지만 결정적으로 걷기를 싫어하셨다. 아무리 자식들과 남편이 운동을 해야 한다, 걸어야 한다고 말해도 본인이 운동을 싫어하니 몇 년이 지나 다시 못 걷게 되었다.

그래서 이것도 아버님 마음에 한이 되었다. 그렇게 좋은 곳을 같이 가보고 맛있는 음식도 같이 먹고 싶었는데 결과적으로 우리 부모님은 그렇게 하질 못했다. 또 마지막으로 두 분 다 건강하게 걷고는 싶은데 마음이 맞지 않으면 부부가 같이 걷지를 못한다.

아... 이렇게 단순한 것이 얼마나 힘이 드는지.

아내와 난, 시간이 날 때마다 걷고 있다. 따로 걷는 것이 아니라 같이 걷는다. 집에서 50분 정도를 걸어 곽지해수욕장까지 갔다가 다시 오기도 하고 집과 가까운 이시돌목장에 차를 타고 가서 새미은총동산을 걷기도 한다. 신앙이 없는 사람도 한적하고 조용한 길을 걷다 보면 누구나 평안함을 맛보게 된다. 특히 중간에 3개의 오름으로 둘러싸인 연못이라고 해서 삼뫼소 연못이라 불리는 곳에 이르면 평온함은 절정에 이른다. 우린 그 길을 걸으며 노년에 대해 이야기한다. 앞으로 어떻게 살고, 어떻게 삶을 마감하고 싶은지에 대해 서로의 생각을 나눈다.

제주는 우리와 같이 생각하는 사람들의 성지다. 부부가 같이 손을 잡고 걸을 수 있는 최적의 곳이 바로 제주다. 아름다운 해안도로를 마음껏 걷고 또 올레도 같이 걸을 계획이다. 조금씩, 하나하나 서두르지 않고 계획을 세운다. 솔직히 생각만 해도 흥분이 된다. 제주 곳곳의 속살들을 빠짐없이 걷고 중간중간 맛있는 음식도 먹는다. 이것이 그토록 본인의 마지막 삶에 하고 싶었지만 하지 못했던 우리 아버님의 소원이었으며 반면 지금 너무나 자연스럽게 하고 있는 우리 부부의 일이고 앞으로도 계속하고 싶은 것이기도 하다.

소식(小食), 검소하기

지금까지 내 몸무게는 크게 몇 번의 부침이 있었다. 어렸을 적부터 마흔 살까지는 관성적으로 완만한 상승곡선을 이루었다. 그러다가 군대를 전역하고 결혼하면서 곡선은 약간 가파른 모습을 보였다. 그도 그럴 수밖에 없었다. 밥상에 국이나 찌개 같은 것은 반드시 있어야 했고 고기반찬은 필수였다. 미처 그것을 준비하지 못하면 햄이나 소시지, 계란 후라이 같은 것이 한 가지는 꼭 올라와야 밥을 먹었다. 흔히 말하는 가공 곡물도 꽤 많이 먹었다. 빵은 말할 것도 없고 떡, 과자, 케익, 피자 등은 만사 오케이였다. 또 술도 큰 역할을 감당했다.

어느 날부터 장사가 하기 싫다며 이런저런 핑계를 대더니 뻑

하면 스트레스를 푼다고 술을 마셨다. 체중이 줄래야 줄 수가 없고 그렇게 괘씸한 생각을 하니 장사 또한 잘 될 턱이 없었다. 그렇게 하던 일도 기울어지면서 새롭게 살아보겠다고 서울을 탈출해서 제주로 왔다. 그때가 내 나이 마흔 살이었고 당시 키 179cm, 몸무게가 85kg 전후였다.

제주에 오고 신앙생활에 집중하면서 술은 자연스럽게 줄어들었다. 하지만 그렇다고 몸무게에 의미 있는 변화가 있는 것은 아니었다. 나도 그냥 보통의 중년 남자들과 비슷하게 별다른 위기의식이 없이 먹고 싶은 대로 먹었다. 그러다가 몇 년이 지나 어느 날 체중계에서 몸무게를 측정하니 90kg이 넘어 있었다. 순간적으로 위기의식이 들었다. 갑자기 내 머릿속에는 씨름선수와 레슬링 선수의 모습이 교차되면서 100kg이라는 숫자가 번득거려졌다.

그때 처음으로 다이어트에 돌입했다. 죽기 살기로 덤벼보니 의외로 승산이 있어서 목표를 설정해서 다시 치열하게 전투했다. 즉 80kg까지를 목표로 삼고 맨 앞 숫자가 7이라는 숫자가 생길 때까지 다이어트를 멈추지 않는다는 계획으로 진행했다. 그렇게 몸무게는 수직 하락을 하더니 6·25전쟁의 서울수복과 같이 제주 이주 전, 몸무게 85kg을 재탈환하고 다시 총공세를 해서 결국 목표했던 대로 7이라는 맨 앞의 숫자, 79.89kg이 내 눈앞에 그려진 것을 확인하고 모든 다이어트를 종료했다.

하지만 다들 그렇듯 시간이 지나면서 내 몸무게는 다시 85kg으로 되돌아왔다. 그러면서 이번에는 건강검진에서 혈압에 경고가 들어왔다. 내 인생 처음으로 혈압약이라는 단어가 등장하는 순간 내가 꺼내든 회심의 반격은 바로 현미 채식이었다. 이건 거의 적들에게 원자폭탄과 같은 위력이었다. 금방 80kg을 깨고 다시 75kg으로 되었지만 난 멈추지 않고 진격했다. 결국 내 인생 가운데 69.78kg이라는 경이로운 깃발을 꽂은 다음에야 비로소 고지에서 내려왔다. 지금은 조금 밀려 74kg 언저리에 철통같은 휴전선이 그려졌다.

철통같은 휴전선? 경험상 방심은 금물이다. 언제든 적들은 다시 치고 내려올 수 있다. 난 매일 두 가지를 철두철미하게 측정했다. 하나는 혈압이다. 매일 체크를 한다. 그다음은 간혹 체중을 잰다. 대개 혈압에 큰 변동이 없으면 체중은 거의 변화가 없다. 혈압약을 먹지 않고 혈압을 조절하기 위해서는 꽤 많은 집중과 노력이 요구된다. 주기적인 운동도 필수겠지만 결국 혈압은 음식으로 조절된다. 아무리 운동을 해도 먹는 것에 실패를 하면 혈압은 올라가게 되어 있고 약은 먹게 되어 있다. 이렇듯 음식조절은 건강에 필수적인 것이고 행복한 노년을 위해서는 건강은 반드시 수반되어야 한다.

 이렇게 마음껏 먹고 싶은 마음과 소식을 해야 한다는 마음은 늘 대립이 된다. 그러면서 우리에게 누구를 택할지 선택하라고 목소리를 높인다. 인생은 매 순간 선택의 결과물이고 우리 부부는 이곳 제주에서 소식을 선택했다.

 동기부여는 충분히 얻을 수 있었다. 우리 주변에는 늘 어려운 이웃이 있고 삶 속에서 쉽게 느껴지지는 않지만 지구 반대편에는 지금도 기아에 허덕이는 수많은 사람들이 있다. 또 인간의 탐욕으로 한편에선 끊임없는 착취가 이어지고 이로 인해 만들어진 값싼 물건들이 우리의 눈과 귀를, 입을 현란하게 유혹을 한다. 지구는 우리들의 일그러진 탐욕과 소비로 기절 직전까지 와 있다. 이런 절체절명의 순간에 소식을 선택함으로 절제의 길로 들어선 것이다. 물론 건강은 덤으로 얻으면서 말이다.

나는 하루종일 숲에서 일한 것은 아니었지만 거의 항상 점심으로 버터 바른 빵을 싸가지고 갔다. 점심때에는 내가 베어낸 푸른 소나무 가지들 사이에 앉아 빵을 쌌던 신문을 읽었다. 손에 송진이 잔뜩 묻었으므로 빵에 소나무 향기가 스며들었다. 집을 다 지을 무렵 나는 소나무의 원수라기보다는 그 친구가 되었다.

[월든. 헨리 데이빗 소로우. 은행나무. 70쪽, 1993년.]

어떻게 보면 소식은 선택이 아니라 필수다. 어차피 약해진 무릎과 허리는 육중한 몸무게를 견딜 수 없다. 절제하지 못한다면 결국 주저앉고 만다. 꼭 육체뿐일까? 마음속 탐욕과 탐식이 넘쳐나면 정신 또한 무너질 수 있다. 나이가 들수록 육체나 정신이나 더욱 가벼워야 한다.

상상해보라. 월든 호숫가 옆, 아무도 없는 울창한 숲에서 간단히 싸온 빵 하나로 점심을 해결하고 있는 한 남자를. 그의 손에는 소나무 향이 가득하다. 또 소식은 아주 친한 친구가 한 명 있다. 바로 검소함이다. 둘은 어찌나 다정한지 매일 같이 웃고 이야기하고 마음을 나눈다. 이렇게 각각의 단어인 것 같지만 서로 어울리는 단어들이 있다.

소식, 절제, 검소함.

내가 하고 있는 무인카페는 어떤 면에서 이렇게 살아야 한다고
우리 부부에게 매번 말하고 있다. 하긴 화려하게 살고 싶어도
그렇게 살 수가 없다. 우린 적게 벌고, 적게 먹고, 적게 소비한다.
대신 시간은 마음껏 누린다. 우리의 노년은 이 모습과 흡사할 것
같다.

딸에게 자유를 준다

내가 지금부터

선포하리니,

너에게 자유가 있을지어다!

고등학교를 졸업, 육지에서 대학 생활을 하며 기숙을 하고 있는 딸아이에게 우리 부부는 자유를 선포했다. 앞으로 너 인생에 자유가 있을지어다! 하나님이 우리 인간에게 자유의지를 주었듯 우리 부부도 딸아이에게 자유의지를 준다. 스무 살이 넘은, 성인이 된 그녀에게 자유를 준다. 네가 무슨 일을 하든, 누구를 만나든, 그 어떤 곳을 가든 우린 너의 결정을 지지할 것이다. 대신

축복을 한다. 너 인생 가운데 축복이 있을지어다!

우리 부부의 하나뿐인 소중한 외동딸이다. 아내도 아내지만 아빠가 딸을 바라보는 것은 좀 더 특별한 어떤 것이 있다. 그것은 '안전'이라는 개념이다. 이런 의미에서 아내와는 미세하게 다르다.

아내가 딸아이와 세밀하게 정서적인 교류를 하고 있을 때 남편은 높은 망루에 올라가서 주변의 동향을 살피는 것과 같다. 특이한 상황은 없는지, 위협은 없는지를 높은 곳에서 미리, 멀리서 살핀다. 나중에 딸아이가 사랑하는 사람을 처음 데리고 올 때도 마찬가지다. 엄마는 집안에서 딸을 기다리겠지만 아빠는 이번에도 높은 망루에 올라서 그 남자의 모습을 멀리서 바라본다. 낯선 남자의 움직임과 태도를 먼저 보고 판단한다. 이 사람이 딸아이를 지켜 줄 사람인지, 해할 사람인지 순간적으로, 육감적으로 알아내기 위해 매의 눈으로 관찰한다.

상대에게 자유를 준다는 것은 더 큰 사랑으로 믿어줄 때 가능하다. 설사 딸아이가 데려온 그 사람이 직감적으로 마음에 들지 않아도 그 낯선 남자를 환대해야 한다. 우리 부부는 그렇게 하기로 마음을 굳게 먹었고 진심으로 환영할 준비가 되어 있다.

또 결혼한 그 둘이 어떤 결정을 내려도 존중할 준비 또한 되어 있다. 얼마나 많은 부모님들이 다 큰 자식들을 사랑과 걱정이라는 미명하에 옭아매고 간섭하려 하는지!

나이가 많아진다고 저절로 지혜로워지는 것은 아니다. 자기 생각에 갇혀 아무런 발전 없이 그저 세월이 지남에 따라 나이를 먹었다면 오히려 젊은 자식들보다 자신의 지혜가 더 부족할 수 있음을 알아야 한다. 최소한 이 겸손만 있다면 자녀들을 크게, 더 망칠 위험은 줄어든다. 내가 만일 어머님의 의견을 존중해서 그때 제주에 오지 않고 서울에 계속 있었다면 어떤 삶을 살아가고 있었을까? 생각만 해도 아찔하다. 물론 모든 것을 결과적으로만 볼 순 없다.

하지만 우린 많이 겸손해야 한다. 우리가 내리는 중차대한 결정의 순간, 미래에 대해 아무것도 알 수 없는 존재라는 것을 인정해야 한다. 우리는 아무것도 아닌 사람들이다. 그래서 자녀들에게도 자신들의 무지를 알려줘야 한다. 우리 역시 아무것도 모르는 사람이라고. 그러니 너희가 신중하게 생각하고 결정하라고. 얼핏 보면 무관심하고 무책임한 듯 보이지만 그것이 오히려 자녀들을 더 위하고 좋은 길로 인도할 때가 많다.

세상은 보는 시각에 따라 한없이 위험한 곳으로 보인다. TV나 신문을 보면 이런 판단에 확신이 설 때가 많다. 이런 위험천만한 세상에 우리 부부는 하나뿐인 딸아이를 보낸다. 마치 그 옛날 성경의 요게벳이 왕골 상자 안에 역청과 송진을 바르고 그 안에 모세를 넣어 나일강에 떠내려가게 만들 때의 그 심정이다. 갑자기 거칠어진 물살에 상자가 뒤집힐지, 혹시나 나쁜 사람들에 의해 해를 당할지 알 수가 없다. 그저 멀리서 떠내려가는 모습을 보며 기도할 뿐이다.

마지막으로 나중에 나에게 용돈을 주든, 부모 생일에 전화를 하든, 선물을 하든, 명절 때 우리에게 와서 인사를 하든 우리 부부는 아무 상관을 안 할 것이다. 너희에게 모든 자유를 주노니 너희 마음대로 할지어다.

대신 다시 한번 말하지만 너희들 인생을 축복하노라. 나이 들어 마음이 약해지고 그래서 자식들에게 더욱 의지하고픈 마음은 충분히 이해가 되지만 우리는 그렇게 하지 않기로 굳게 마음을 먹는다. 대신 우리가 믿고 있는 하나님께 기도한다. 이 세상 우리의 마지막 인생 여정을 인도해 달라고 말이다. 자녀들을 의지하는 것이 아니라 젊은 시절 평생을 믿어온 나의 하나님께 내

몸을 의탁한다. 믿지 않는 사람들 눈에 이 모든 것이 어리석어 보이겠지만 믿음을 가진 우리 부부에겐 그렇지 않다. 이것은 가장 지혜로운 선택이다. 그래서 난 이 말이 참 좋다. "너희 믿음대로 될지어다"

살다 보면 간혹 묘한 일을 경험할 때가 있다. 돈을 좇으면 오히려 돈이 멀리 달아나고 저 사람이 나를 간절히 사랑해 주길 원하면 오히려 그 사람은 더 멀리 달아난다. 늘 젊은 사람들이 찾아와 주길 원하는 노인일수록 젊은 사람들은 그 사람을 피해 더 멀리, 다른 곳으로 간다. 자녀들도 마찬가지일 듯싶다. 자유롭게 살아갈 자유를 주면 줄수록, 우리 주변에서 더 멀리 보내면 보낼수록 자꾸 가깝게 오려고 한다. 그냥 너희들이나 잘 살아 그러는데도 자꾸 주변을 어슬렁거린다. 인생은 살아볼수록 더욱 신비롭고 묘하기만 하다.

몇 달 전부터 한적하기만 했던 우리 집 주변이 다소 어수선해졌다. 걸어서 2-3분 거리에 꽤 큰 규모로 집들이 지어지고 있기 때문이다. 집은 비교적 작은 형태로 같은 모양, 같은 크기, 동일한 마감재로 여러 채가 동시에 들어서고 있다. 집도 콘크리트 구조가 아닌 경량 철골조로 빠른 속도로 지어지고 있어서 벌써 마감 단계로 접어들고 있었다. 아내는 매번 산책하는 길에 마주치는 이 집들을 보며 많은 관심을 가지기 시작했다. 아니, 한탄하기 시작했다!

"아! 이런 거 내가 해보고 싶은 건데..."

190

항상 무언가에 꽂히면 반복적으로 말하는 것이 아내의 습관이다. 이 길을 지날 때마다, 산책할 때마다 내게 말한다. 돈이 있다면 자기가 다 살 텐데, 그래서 뜻을 같이 하는 사람들한테 싸게 전세로 하나씩 내어 줄 텐데 하면서 말이다. 벌써 그 말을 20번 넘게 들었다. 솔직히 콧방귀도 안 나온다. 하루하루 먹고살기도 힘든데 뭔 '돈이 있다면'이라는 전제를 붙일까? 올라가지 못할 나무는 쳐다보지도 않는 내 입장에선 자기 분수도 모르고 끝임없이 같은 말을 반복하는 아내의 열정이 부럽기도 하다.

하긴 이렇게 같이 모여서 살아가는, 다소 뜬구름 같은 이야기는 한때 내 꿈이기도 했다. 전에는 한 번도 생각하지 않았다가 이곳 제주로 이주하면서 생각해 본 것이었다. 몇 번 관련 모임에 나가기도 했다. 제주로 이주해 보니 이미 그런 모임은 만들어져 있었다. 낯선 땅, 낯선 곳, 아무 할 일도 예정되어 있지 않은 불확실한 현실 속에 이런 든든한 공동체에 속해 있다면 안전할 수도 있겠다는 생각도 한몫했다. 몇 번 참석해 보지 않아서 참석한 사람들의 정확한 의도는 잘 알진 못했지만 그래도 확실한 것은 그들도 무언가 자신만의 어떤 목적들이 있는 듯 보였다.

난관을 만나기까지는 그렇게 많은 시간이 필요치 않았다. 모임이 조금씩 진행되면서 저마다 같이 모여 살 이유가 다르듯 포기할 것들도 달랐고 이런 서로 간의 생각 차이들을 극명하게 느끼면서 우린 조금씩 좌절하고 있었다. 정말 이건 넘기에는 너무 높고 뚫기에는 너무 두꺼운 벽처럼 느껴졌다. 그러다 보니 '이런 복잡한 것을 왜 해야 하나?' '무엇을 위해 이런 희생들을 해야 하나?'의 첫 질문으로 되돌아갔는데 모두가 뚜렷한 답을 하지 못한 채 마음을 비우면서 모임을 정리했다.

결과적으로는 모임의 목적을 이루지 못하고 자신의 한계만을 철저히 느낀 시간이었지만 늘 그렇듯 이런 상황 가운데서도 배울 점은 있다. 오히려 이런 실패에서 자신의 한계를 알게 되고 앞으로 계속 살아갈 세상 속에서 지혜를 얻게 된다.

갑자기 이 시점에서 의문점 하나가 들었다. 내가 그렇게 모임에 참석하고, 열정적으로 마음을 다해 쏟아부을 때, 늘 미지근했던 아내가 지금은 왜 이런 생각을 하는지 이해가 되지 않는다. 모든 것들이 좋고 쉽게 보여도 막상 비전을 갖고 진행을 하면 예기치 않은 상대방의 차이에, 포기할 것이 크게만 보이는 자신들의 이익에 사람들이 주저한다는 것을 그녀는 아직도 모르는 것일까?

그래서 어느 날, 진지하게 한번 물었다.

왜 자꾸 그런 생각을 하는지.

"나이 들면 누구나 외롭잖아. 서로 의지하면 좋지. 자녀들도 멀리 떨어져 있는 경우도 많고, 갑자기 아프면 누가 병원 데려다 줄 사람도 마땅치 않고, 정 아파서 요양원에 가지 않는 이상 주변에서 서로 도와주면 좋지. 그리고 결정적으로 가까이 같이 지내다 보면 아프거나 이상한 현상을 먼저 발견할 수 있고 그만큼 자녀들한테 빨리 알려줄 수도 있고..."

모든 관계가 그렇듯이 내가 그 관계를 통해 이득을 취하려고만 하면 그 관계는 힘도 없고 오래가지도 못한다. 나의 결혼생활 초기에도 그랬다. 결혼을 통해 내가 이루고 싶고, 내가 얻고 싶고, 내가 만족하고 싶은, 오직 내 욕구만이 중요하다 보니 그건 결혼이 아니라 오히려 지옥이었다. 나는 나대로 채워지지 않는 것에 대한 불만이 가득했고 아내는 아내대로 말도 안 되는 일방적인 요구 때문에 숨 막혀했다.

어떤 면에서 공동체 역시 마찬가지였다. 사람들이 저마다 주판알을 튕기고 무엇이 나한테 유리한지, 그 공동체를 통해 내가 취할 이득이 무엇인지에 대해서만 집중하면 그건 차라리 하지 않는 것이 좋다. 왜냐하면 그것은 앞서 말했듯 서로에게 있어서 지옥이기 때문이다. 하지만 이번 아내의 말에서는 다소 희망을 보았다. 보기에 따라 다르겠지만 그래도 자신의 유익만을 생각하는 것이 아닌, 주변을 돌아보고자 하는 진심이 느껴졌기 때문이었다.

 공동체는 늘 내게 저 멀리, 하늘을 향해 찬란히 뻗어있는 에베레스트산과 같다. 비전을 품게 하고 열정을 느끼게도 하지만 잠시만 주변을 둘러보면 굳이 그 험한 산을 오르지 않고도 행복하게 살아가는 수없이 많은 사람들을 쉽게 볼 수 있다. 그러나 언제 그랬냐는 듯이 '내가 뭐라고...' 하면서 금방 포기한다. 열정이 작아서일까? 비전을 가로막는 현실적 문제들 때문일까?

 하지만 그런데도 난 공동체를 꿈꾼다. 그것은 어떻게 보면 나에 대한 비전이기도 하다. 공동체를 꿈꾸면서 개인의 비전을 생각한다? 내 인생이 노년으로 갈수록 주변에 대해 헌신하며 나의 이익보다 다른 사람의 이익을 먼저 고려하고 생각해 줄 수 있는 성숙한 인간으로 되길 바라는 마음이다. 이건 어떻게 보면 모든 사람의 원대한 소망일 수 있다. 쉽지 않아서 그렇지 우리 마음속에는 이기심과 더불어 이타심 또한 있다. 좋은 계기와 동력만 있다면 꼭 불가능한 일은 아니다. 이 시점에서 어렵게 생각하지 않기로 했다. 늘 그렇듯, 부정적 생각이 슬금슬금 올라오면 잠시 생각을 멈춘다. 생각 자체를 우리가 막을 순 없지만 그것에 빠져 그 생각을 지속할 필요는 없다. 시간이 지나면 다 알게 된다. 대신 마음은 늘 오픈해 둔다.

끝까지 일하기

　내가 숙소를 청소할 때 간혹 쓰는 비법이 있다. 그렇다고 무슨 효율적인 청소 방법을 알려주려는 건 아니다. 잠깐 생각을 다르게 하는 것뿐이다. 보통 숙소 청소는 전날 손님이 오전 11시에 체크아웃을 하면 그때부터 시작해서 오후 1시 전후로 끝난다. 대략 2시간 정도 하면 된다.

　짧은 시간인 것 같지만 막상 청소를 시작하면 나름대로 힘든 면이 있고 또 매번 반복적으로 청소하는 것에 싫증이 날 때도 있다. 그러다가 이렇게 하기 싫다는 생각이 한번 들고나면 그때부터 이상하게 힘들어진다. 아마 그 시간 내 마음속에 모락모락 올라오는 조급함, 즉 '빨리 청소를 끝내고 쉬어야지'라는 마음 때문일 것이다. 그래서 이때가 되면 나는 늘 비장의 카드를 꺼낸다.

예를 들어 만일 청소가 오전 11시에 시작이 되고 30분 정도 지난 다음에 하기 싫은 마음이 들면 난 그때 마음속으로, 원래 끝나는 오후 1시를 생각하지 않고 오후 3시에 끝나는 것을 상상하면서 청소를 한다. 그렇게 생각하게 되면 마음속으로 묘한 착시가 느껴지는데 내가 청소를 마쳐야 하는 시간이 1시간 30분이 남았던 것에서(오후 1시까지 끝낸다고 전제를 하면) 별안간 2시간을 보너스로 얻어 3시간 30분 안에 마쳐도 되는 것이다.

이러면 그전까지 조급해지면서 무거웠던 내 마음이 갑자기 편안해지면서 가벼워지고 있음을 느낀다. 오히려 3시간 30분이라는 숫자 안에 보통 때보다 더 천천히 해야 할 것 같은 착각도 든다. 그러면 이를 놓치지 않고 연이어 이런 말을 되새긴다. '오후 1시에 일찍 끝내면 뭐 할 것인가? 어차피 할 일도 없는데!' 그래. 맞다. 정말 특별히 할 일이 없다.

그런데 왜 그렇게 빨리 끝내려고 서두르는지... 이렇게 되면 이상하게 바로 전까지 힘들어졌던 것들이 그렇게 힘들지 않고 오히려 아주 가볍게, 쉽게 일들이 진행된다. 편안하게, 여유를 가지고 청소를 완벽하게 끝낸다.

이곳 제주에 있으면서도 이와 같은 비슷한 경험을 간접적으로 체험할 때가 있다. 제주 이주 초기에 내가 아는 지인 중에는 낯선 이곳 제주에서 단기간에 빨리 돈을 벌고 싶고 자립하고 싶어서 무리하게 일하는 분들을 볼 때가 많았다. 그래서 그분들은 일주일에 단 하루도 쉬지 않고, 그것도 아침 일찍부터 영업을 시작해서 밤늦게까지 장사하는 것으로 계획을 잡고 실행을 하는 것이었다.

하지만 이런 조급함은 장사하는 내내 그분들을 지치게 하고 결국 나중에는 병이 생기던지, 아예 장사에 염증이 나서 그만두는 경우도 있었다. 돈을 더 많이, 더 빨리 벌고 싶었는데 오히려 결과적으로 더 적게 벌게 되는 안타까운 일들이 발생한다.

우리 부부는 요즘 검은 머리가 파뿌리가 될 때까지 현업에서 일하는 것을 아주 당연하게 생각하고 있다. 오히려 그렇게 하려고 차근차근 준비도 하고 있다. 이유는 간단하다. 이것이 최상의 노후 준비이고 노인이 되면 늘 시간이 많고 외로워지는 것도 방지할 수 있으며 적당히 사회생활을 함으로써 건강도 지킬 수 있기 때문이다. 또 이런 계획은 우리의 마음을 여유롭게 한다. 오후 3시나 오후 5시로 길게 늘여서 잡아 놓았으니 너무 빨리 끝내도 안 되기 때문이다. 이러면 심리적으로 묘한 일들이 벌어진다. 긴장은 풀어지고 여유를 갖게 된다. 지금 하고 있는 일들이 더 빨리 끝내야 할 지루한 일이 되지 않는다. 이참에 허리도 한번 펴고 스트레칭도 한다. 축 처져 있었던 몸 안에 새로운 힘이 서서히 솟아오른다.

다만 끝까지 길게 하기 위해서는 몇 가지 전제 조건이 있다.

너무 돈을 많이 버는 것이면 조금 힘들다. 당연히 그 일은 다른 사람이 보기에도 매력적이기 때문에 경쟁이 심하다. 아무리 마음을 비워도 경쟁 앞에서는 내 마음도 조급함을 벗어나기 힘들다. 그리고 결정적으로 우리는 대부분 나이가 들어가면서 자연적으로 경쟁력을 잃어버린다.

그래서 돈을 적게 벌면서 동시에 이용하는 사람들에게도 부담을 주지 않으면 좋다. 이렇게 되면 일을 하는 본인도 부담이 없고 이용하는 손님들도 부담이 없다. 당연히 일은 그렇게 힘들지 않는다. 길게 할 수 있다.

어떤 면에서 내가 하고 있는 무인카페는 이런 방법을 적용한 최적의 시스템이다. 먼 옛날 12년 전부터 코로나가 올 것을 예상해서 아예 무인으로 운영할 생각을 했으니 난 천재(?)에 가깝다. 장사가 안되어 어쩔 수 없이 직원을 내보내야 하네, 마네 할 때도 아예 직원 없이 운영을 했으니 이 역시 고민할 필요도 없었다.

또 코로나로 수입이 줄어들어 남들 고생할 때 워낙 적게 버니 이 또한 비교적 덜 고생을 했다. 나 또한 줄었긴 많이 줄었는데 매출이 워낙 작아서 가볍게 넘길 수 있었던 것이었다. 가령 1000원 팔다가 50% 줄어들어 500원 밖에 못 판 것과 원래 100원 팔아서 50% 줄어들어 50원 밖에 못 판 것은 달라도 너무 다르다.

무인카페는 기본적으로 길게 가는 시스템이다. 어느 순간에 확 돈을 벌고 딱 그만두는 시스템이 아니다. 일확천금은 말도 안 되고 떼돈은 상상도 할 수 없다. 목돈이라는 말도 내 사전에는 없다. 나는 그저 매일 매일 푼돈을 벌어서 차곡차곡 모아둔다.

요즘에는 길에 100원짜리가 떨어져 있는 것을 보면 허리를 굽혀 줍지도 않는다고 하는데 난 거의 매일 돈통에 있는 100원짜리 동전을 열심히 주워 집으로 가지고 온다. 그런데 이 일을 10년, 20년, 30년 아니 평생을 한다. 난 이런 푼돈을 검은 머리가 파뿌리가 될 때까지 허리 굽혀 주울 생각이다.

그래서 그런지 내가 하고 있는 무인카페 산책은 경쟁 상대가 없다. 다들 일확천금을 꿈꾸고 떼돈을 벌고 목돈에만 관심이 있을 뿐, 푼돈은 거들떠보지 않기에 난 편안하게 혼자서, 독점하면서 길에서 줍고 있다. 그런 나를 보고 사람들은 비웃는다. 그거 주워서 얼마나 되냐고 말이다.

"얼마 되지 않습니다. 말 그대로 푼돈이지요."

하지만 난 정말 평생을 주울 생각이다. 그건 진심이다. 이런 나를 보며 코웃음 치는 사람이 많아도 이상하게 우리 카페에 오는 손님들은 그런 분이 한 분도 없다. 손님들은 나를 좋아한다. 비웃지 않는다. 오히려 나는 착한 사람이 아닌데 칙한 사람이라고 치켜세우기도 하고 계속해서 운영되기를 진심으로 바란다는 말씀도 하신다. 사랑을 많이 받아서일까? 이상하게 흰머리도 잘 안 난다. 오늘도 아침에 일어나 머리를 감으며 검디검은 내 머리를 보며 감탄을 했다. 불로초가 따로 없다. 또 매일 매일 허리 굽혀 푼돈을 주우니 운동도 된다. 이 좋은 것을 내가 어찌 평생 안 할 수가 있겠는가!

끝까지 책 읽기

타락하는 사람을 불쌍히 여기십시오. 그러나 다른 사람을 타락하게 만드는 사람은 두 배나 더 불쌍히 여기십시오. 왜냐하면 그는 자신과 상대방의 짐뿐 아니라 상대방이 맛본 쾌락의 짐까지 지고 가야 하기 때문입니다.
[거룩한 등정의 사다리. 요한 클리마쿠스. 은성. 172쪽. 2006년]

책을 손에서 놓을 수 없다. 그렇다고 많이 읽는 편은 아니다. 그냥 이렇게 어떤 구절이 들어오면 종일 그것을 생각하기도 한다. 왜 저자는 그렇게 말하는 것일까? 이건 어떤 의미일까? 하면서 이런저런 질문을 마음속으로 한다.

기본적으로 책은 나보다 뛰어난 사람이 쓴다. 또 아내 말대로 어떤 책을 읽을 때 그 책에서 한 가지만이라도 얻을 것이 있다면 되는 것이다. 그렇게 마음을 편하게 먹으면 책은 내게 귀한 보물 하나는 꼭 내놓는다.

이런 의미에서 책을 전혀 읽지 않는 사람은 자신을 돌아볼 필요가 있다. 꼼꼼히 마음을 점검하는 중에 행운 아닌 행운도 발견할 수 있다. 솔직히 거의 불가능하겠지만 자신의 마음 깊은 곳에 은밀히 숨어 있는 교만을 보기도 한다.

인격적으로 성숙한 사람이면 책을 읽지 않아도 최악은 면할 수 있다. 아무리 책을 읽지 않아도 인품이 좋으면 주변에 사람들이 있다. 자신의 주장을 고집스럽게 내세우다가도 상대방을 생각해서 멈출 수 있는 힘이 그 사람에게는 있기 때문이다.

또한 다소 거침없이 말해도 그분의 인품을 알기에 상대 또한 이해를 할 수 있다. 문제는 우리가 그렇게 인품이나 인격적으로 성숙한 사람이 아닐 가망성이 높다는 점에 있다. 대부분, 나를 비롯하여 평균보다 많이 떨어진다. 심각성은 여기에 있다. 최악의 상태에서 아무런 변화 없이 인생 끝까지 그대로 직진한다. 그 끝이 상상조차 할 수 없는 가파른 절벽인지도 모르고.

책은 우리 자신을 꼼꼼히 점검할 수 있는 몇 개 안 되는 것 중에 하나다. 나의 상태를 정확히 알게 해 주는 리트머스 시험지와 같다. 점검과 시험은 나쁜 것이 아니다. 물론 귀찮은 것일 수는 있다. 괜찮은 것 같다고 생각하는데 자꾸 점검을 한다고 하니 짜증이 날 수도 있다. 하지만 다시 한번 말하지만 나쁜 것은 아니다. 오히려 점검을 안 받는 것이 나쁜 것이다. 한 해, 두 해 그리고 몇 년, 그리고 다시 10년, 20년 점검을 안 받으면 그땐 문제가 생긴다. 갑자기 어느 곳에 결정적 하자가 발생하고 돌이킬 수 없는 위험이 자신에게 닥칠 수 있다.

하지만 책을 읽고 점검을 받다 보면 위험은 줄어들고 더불어 묘한 통찰도 생긴다. 삶을 바라보는 깊이가 달라진다. 그전까지는 별로 생각해 보지 않았던 다양한 주제들로 자신을 되돌아본다. 타락, 타락시키는 것, 두 배, 불쌍히 여김, 상대방의 짐뿐 아니라, 상대방이 맛본 쾌락의 짐까지...

심심하고, 지루하고, 하루가 끝없이 긴 노년에게 책만큼 귀한 것도 없다. 며칠 전 서울에 있는 누나가 오랜만에 나에게 전화를 걸어 내 의견을 물어보았다. 현재 아버님 건물 1층에서 장사를 하고 있는데 그 일을 접을 생각을 하고 있다는 것이다. 건강도 조금씩 안 좋아지고 힘들어서 정리하고 싶다는 것이 이유였다. 여러 이야기를 하는 동안 잠깐 부모님 이야기가 나왔다. 할 일이 없는 아버님과 어머님이 1층에 있는 누나 가게로 내려와 종일 있다가 가는 것이 그분들 낙이라면 낙인데 자신이 일을 그만두면 부모님이 너무 심심해하실까 걱정된다는 것이었다.

노인이 된다는 것은 그런 것이다. 온종일 자식들 전화를 기다리고 누군가 찾아오길 원하고 자신과 이야기하길 원한다. 그래서 눈만 뜨면 행복이 아니라 지루함의 지옥이 펼쳐진다. 오늘 하루는 또 어떻게, 무엇을 하며 보낸단 말인가!

책은 이런 모든 지루함 들을 눈 녹듯 녹게 만드는 비와 같다. 아무리 눈이 많이 쌓여도 비가 내리면 눈은 흔적도 없어진다. 시간이 너무 남아 지금도 지옥을 헤매고 있는 노인들에게 책을 주어라! 책을 주어라!

하지만 그래도 소용이 없다. 독서는 알고 있듯이 습관이다. 어느 순간, 갑자기 되는 것이 아니다. 전에는 한 번도 책을 읽지 않은 노인들이 아주 운 좋게 책을 손에 잡아도 쉽게 읽을 수가 없다. 책은 어느덧 베개가 되어 그분들 머리를 지탱해 준다. 그래서 지금부터라도 부지런히 습관을 들여놔야 한다. 처음 시작하는 일이라 어렵다면 나같이 이렇게 한 두절을 읽고 마음에 되뇌어도 좋다. 어떤 식으로든 책을 놓지 않는 것이 중요하다.

우리의 노년은 인정하고 싶지 않아도 쓸쓸할 수밖에 없다. 아무도 찾아올 사람이 없다. 마음속 깊은 곳에서는 늘 자신의 집에 젊은 사람들이 북적였으면 좋겠지만 그럴 가능성은 0.1%다. 내가 첫 번째 책을 출간하기로 마음먹고 출판사에 투고하기 시작했을 때 출간될 그 확률 0.1%다. 그러니 아예 마음을 비워야 한다. 아무도 당신의 말을 듣고 싶어 하지 않는다. 그러니 침묵 속에서 책을 읽으며 기도하면서 노년을 보내야 한다. 눈 녹듯 시간은 흘러가고 다시 눈 녹듯 외로움도 사라져 가는 신비를 맛볼 수 있다.

~~~~~~~~~~~~~~~~~~~~

행복한 노년이 그대에게 있을지어다

**"엄마랑 아빠처럼 사이좋게 지내는 사람이
그렇게 많진 않은 것 같아."**

어느 날 딸아이가 아내에게 말했다. 어렸을 때는 잘 몰랐는데
커서 보니 의외로 많은 친구들이 부모님끼리 사이가 좋지 않아
상처가 있다는 것이다. 그 말을 들은 아내도 딸아이의 말에 깊게
공감을 해 주었다. 그건 결코 쉽지 않은 거라고.

이렇게 부부간의 관계는 본인들만의 문제로 끝나는 것이
아니라 복잡한 과정을 거쳐 자식들에게도 전달된다. 아이는
자라면서 이 모든 것들을 보고 받아들이며, 때론 가슴 아픈
기억과 상처로 평생 마음속에 지니며 살아간다.

책임은 당연히 우리 어른들에게 있다. 우리의 삶 끝까지, 아니

자식 대에 걸쳐서 긴 시간 책임을 져야 한다. 그래서 이것은 단순하게 넘어갈 문제가 아니다. 사는 것이 다 그렇다고 쉽게 덮을 문제도 아니다.

오히려 지금이라도 정직하게 우리의 문제를 바라봐야 한다. 그런데 이것이 말처럼 쉽지 않다. 본능적으로 내면의 방어기제가 나온다. 그것은 어떻게 하든지 현실을 회피하게 만들기도 하며 모든 잘못을 상대에게 돌리기도 한다. 내가 서문에서 운이 좋았다는 것은 바로 이것을 말하는 것이다. 정말 운이 좋은 사람만이 본인의 잘못을 솔직하게 인정하고 용기 있게 문제와 대면하려 한다.

아주 우연한 기회에 아내에 대해 글을 쓰려 하니 처음에는 마음속 부담감이 있었다. 책을 쓴다면 필연적으로 나와 우리 가정의 이야기가 세세히 나올 수밖에 없다. 현재는 잘살고 있는데 굳이 지난 나의 과오들을 들춰내고 끄집어내야 한다는 것도 마음에 걸렸다. 또 어떤 기억들은 생각하고 싶지도 않았다. 하지만 여러 고민 끝에 써야지 하는 생각이 들자 순식간에 써 내려갔다. 마치 홍수에 둑이 터지듯 물밀듯 이전의 기억들이 쏟아져 내려왔다.

흐느껴 울었던 아내의 모습

절망하듯 고개를 흔들며 안방으로 들어갔던 기억

내 작은 호의와 친절에 환하게 미소 지었던 순간

수줍듯 작은 목소리로 고맙다고 말했던 그때

많은 남자들이, 남편들이 나와 같이 이런 시간을 가졌으면!

오늘은 오전에 한창 책 마무리 작업을 하고 있는데 갑자기 아내가 뜬금없이 이시돌 목장으로 산책을 가자고 했다. 강요는 하지 않았다. 갑자기 이렇게 말해서 당신이 준비가 안 되었으면 자기 혼자 가서 산책해도 좋다고 말하면서 슬쩍 내 눈치를 살폈다. 아... 조금만 더 쓰면 완벽하게 완성할 것 같았는데 이런 결정적 순간에 아내는 느닷없이 산책을 제안했다. 약간 고민은 되었지만 흔쾌히 시간을 내어 아내와 함께 이시돌 목장을 산책했다. 뭐 다녀와서 글이 써지든 말든 아무 생각하지 않고.

가는 내내 아내는 항상 그렇듯 자신이 그간 읽었던 책의 내용이나 영상 중에 감명 깊었던 것들을 이야기하고 난 잠잠히 듣고 있었다. 오늘따라 유난히 아내는 힘이 있었고 유쾌한 것 같았다. 그렇게 이시돌 목장에 도착하니 초겨울 찬바람이 살짝 느껴졌다. 아내와 나는 조용히 목장 주변을 산책했다. 어제는 잔뜩 흐리고 바람이 많이 불었는데 오늘은 모처럼 햇살이 나와 반갑게 우릴 맞아 주었다. 구름도 참 예뻤다. 아무도 없는 곳 홀로 하늘로 쭉쭉 뻗어 있는 나무도 새삼 다르게 보였다.

우린 이곳 제주에서 아주 운 좋게 부부관계를 회복하면서 이제는 노년을 계획하고 꿈꾸고 있다. 같이 생각을 나누고 의견을 교환하면서 하나하나 만들어 가고 있다. 또 이런 우리 부부의 모습을 바라보는 딸아이의 얼굴도 웃음이 가득하다.

이렇게 좋은 것은 추천하지 않을 리 없다.

모든 해결의 키는 우리 손에 있고 지금부터라도 슬그머니 아내의 반란을 눈감아 줄 수 있기를 부탁하고 싶다. 그렇게만 된다면 가정의 화목과 행복한 노년은 이미 얻은 것이나 다름없다.